KB213420

어딘가 수상하고 뜻밖에 가까운

SF 사용설명서

어딘가 수상하고
뜻밖에 가까운
SF 사용설명서

1판 1쇄 발행   2023년 3월 14일

지은이   서강선
펴낸이   한기호
책임편집   서정원
편집   여문주, 박혜리, 이선진
디자인   블랙페퍼디자인
본부장   연용호
마케팅   하미영
경영지원   김윤아
인쇄   예림인쇄
펴낸곳   (주)학교도서관저널
출판등록   제2009-000231호(2009년 10월 15일)
주소   서울시 마포구 동교로 12안길 14 3층
전화   02-322-9677
팩스   02-6918-0818
전자우편   slj9677@gmail.com
홈페이지   www.slj.co.kr

ISBN 978-89-6915-140-7 43800

덕후 과학샘의 10대를 위한 에스에프 추천

어딘가 수상하고 뜻밖에 가까운 SF 사용설명서

서강선 지음

학교
도서관
저널

머리말

페퍼톤스의 노래 〈21세기의 어떤 날〉에는 "오늘 지금 바로 여기, 이 멋진 우주 한복판에서 너를 만나 정말 기뻤다"라는 가사가 나옵니다. 오늘, 지금이 바로 여러분과 이 책이 만나게 된 21세기의 어떤 날입니다. 이렇게 넓고, 이렇게나 긴 시간의 한 지점에서 누군가와 무언가와 만나게 되었다니, 너무나 기쁜 일입니다. 특히 SF를 중심에 두고 함께 이야기를 나눌 수 있어 영광입니다.

책을 읽는 일은 책을 매개로 자신과 대화를 나누는 일입니다. 책을 쓰는 사람도 주제를 두고 끊임없이 자신과 이야기를 나눕니다. 책의 꼴을 갖춰 가는 동안 자신이 어떻게 변하는지 찾아가는 것이 작가의 일이 됩니다. 책장이 넘어가는 동안 자신의 무엇이 움직이는지 돌아보는 것이 독자의 일이 되겠죠? 책을 쓰고, 책을 읽어도 아무런 변화 없이 똑같은 세상에서 같은 삶을 살고 있다면 그건 아마 눈으로만 책을 '보았기' 때문일 것입니다. 어떤 식으로든 책을 읽는다면 자기 내면과 세상을 바라보는 눈이 바뀝니다. 이 책은 어떤 시선을 주고 싶은 걸까요? 그냥 SF도 아니고 SF에 관한 책이라니, 집어 든 여러분도 어리둥절할지 모르겠습니다.

SF를 읽는 건 지금까지 해보지 않은 방식으로의 상상과 도약을 요구합니다. 그래서 새로운 곳으로 여러분을 데려갈 것입니다. 여러분이 지금 바라보는 세상에서 훌쩍 뛰어 다른 세상으로 넘어가기를 돕는 책이 되고 싶습니다. 그런데 운동을 안 하던 사람이 갑자기 뛰면 근육통과 부상을 피할 수 없습니다. 준비 운동도 없이, 어떻게 뛰고 얼마나 뛸 지 고민하지 않고 뛰면 당연히 다칩니다. 이 책은 로드 매니저, 가이드, 코치 역할을 할 수 있습니다. 장대를 이용하면 더 높은 장애물을 넘을 수 있는 것처럼, 이 책을 장대 삼아 여러분의 도약을 준비해 보세요. 조금은 더 수월하게 넘어갈 수 있을 테니까요. SF를 둘러싼 색다른 이야기를 두드려 보고, SF를 즐기는 이런저런 방법을 찾아보고, 자신만의 SF 책장을 채워 가는 데 도움이 되면 좋겠습니다.

세계의 모든 존재는 그것이 사회적이든 자연적이든 막론하고 지속적으로 변화하는 상호 관계 속에 존재한다는 행위자-네트워크 이론을 알고 계시나요? 갑자기 어려워 보이는 말이지만, '이론'이라는 단어가 붙어 있어서 그렇게 느껴질 뿐입니다. 오늘날의 세계는 인간과 인간, 인간과 사물, 사물과 사물의 연결 속에서 만들어진다는 이야기입니다. 자, 여러분이라는 복잡한 존재는 이 책이라는 복잡한 매개체를 만나 다시 새롭게 될 것입니다. 심지어 이 책은 꽤 많은 새로운 책들과 연결된 책입니다. 이 책을 통해 저의 책장과 여러분의 책장이 살짝, 겹치게 된다면 좋겠습니다.

차례

머리말 05

1

SF를 둘러싼 이야기

2
SF를 읽는 어떤 방법

3
생활밀착형 SF 큐레이션

1

SF를
둘러싼 이야기

SF라는 독특한 세계는 무엇으로 이루어져 있을까? 그걸 알기 위해서 SF를 중심으로 그 주변부를 열심히 두드려 보자. 지구 내부 구조를 알기 위해 지진파를 탐색하듯, 새로 만난 친구가 어떤 성향인지 알아보기 위해 차근차근 질문을 던지듯 말이야. 다짜고짜 드릴을 들이대고, 취조하듯이 MBTI부터 물어보고 그러면 안 돼. 지구는 뚫고 들어가는 데 한계가 있고, 새 친구는 보기보다 까다로울지도 몰라. 그냥 쉽게 알려 주면 안 되는 거냐고? 그렇게 알아 버리기엔 너무 아까워. 요즘 유행이라고, 다 아는 이야기라고, 어렵다고, 유치하다고, 때로는 너무 진지하다고 비난받는 이 녀석이 쉽게 정의할 수 없는 틈새에 자리하고 있기 때문이야. SF는 과학과 이야기의 틈새, 기계와 인간의 틈새, 상상과 증거의 틈새에 자리하고 있어. 틈새라는 게 어디는 넓고, 어딘가는 좁아서 손톱도 잘 들어가지 않아. 그래서 SF를 둘러싼 이야기를 차근차근 더듬어 가는 거야. 한편에서는 사랑받고, 한편에서는 오해받은 SF를 제대로 만나기 위해서.

SF를 향한 러브레터

　괜찮은 녀석이야. 오랫동안 지켜봤는데 꽤 믿을 만해. 물론 엉뚱한 면이 있어서 가끔 다른 이야기로 새거나 농담도 하지만, 선을 넘는 일은 없어. 게다가 성실하게 뭔가에 몰입할 때는 나름의 진지함 같은 면모도 있어서 매력적이야. 그렇잖아, 언제나 웃음이 헤픈 사람이나 항상 진지한 사람은 재미가 없어. 화끈하게 갭차이를 보여야 한다고 해야 할까? 지식이 풍부해서 이야기에 무게도 있어. 단순히 아는 게 많은 수

준이 아니라니까. 상황별로 필요한 지식을 적절히 가져다 쓰는 모양새야.

눈에 뭐가 씌었다고? 맞아. 살짝 설레고, 그만 반해 버렸어! SF의 치명적인 매력에 말이야. 엉뚱하게 재미있고, 과학적이면서도 진지해. 날카로운 시선과 따뜻한 위로가 공존하는 모습이야. 이런 사람이 있다면 반할 것 같지 않아? SF에는 이런 모습이 여러 겹 쌓여 있어. 한 꺼풀씩 들춰 보는 재미도 쏠쏠하지. 사람들이 좋아하는 이야기를 어떻게 쓰는지 아는 사람들이 공들여 작업한 SF를 보고 있으면 어쩐지 유튜브에서 '완벽하게 일을 처리하는 일꾼들'에 대한 영상을 볼 때의 느낌이 들어. 차곡차곡 각을 맞춰 예쁘게 준비한 수건, 색깔별로 정리된 색연필 케이스, 광택을 내고 손질해서 처음 돌려 보는 톱니바퀴, 정밀하게 깎은 조각품 같은 걸 볼 때의 느낌.

이 매력적인 모습을 모두가 알았으면 좋겠는데, 낯설고 어렵게만 느끼는 사람들이 있어. 아쉬울 수밖에. 그들에게 '그건 오해야!'라고 외치고 싶어. 한 번이라도 만나보고 싫어하기라도 하면 좋겠는데, 본 적도 없으면서 다른 사람들의 말만 듣고 판단하는 건 정말 아니잖아? 어떤 사람들이 유치하다고, 뻔하다고, 어렵다고 이야기하는데, 그건 일관성이 부족한 비판이잖아? 유치하고 뻔한데 어렵다니, 그게 무슨 소리야? 슬쩍, 멀리서, 곁눈으로 보고 그렇게 판단하는 걸지도 몰라. 우린 그러지 말자고. 자세히 들여다보고 어떤 점이 매력적인지 한번 살펴보자고! SF라는, 괜찮은 녀석을 말이야!

언제나 유행이었다

최근에 SF가 정말 많이 출간되고 있어. 고전에 해당하는 이야기가 새롭게 번역되기도 하고 말이야. 요즘 우리나라에서 SF가 유행이라는 것이 실감 나. 과학소설 공모전도 늘어났어. 좋은 이야기를 발굴할 수 있다는 건, 그만큼 읽고 쓰는 사람이 많아졌다는 뜻이겠지? 특정한 주제에 해당하는 소설을 묶어서 출판하는 경우도 많아졌고, 전자책으로도 다양하게 출간되고 있어. 전문 잡지도 나오고, 해마다 해외와 국내의 최신 SF를 모아서 출간하는 프로젝트도 생겼지. 외국 작품이 번역될 때까지 오랜 시간을 기다려야 하는 팬들에게는 정말 좋은 소식이야.

그런데 요즘 갑자기 유행하는 걸까? 사실 우리나라 사람들은 원래 SF와 비슷한 이야기를 정말 좋아해. SF는 언제나 유행이었어. 우리나라에서만 천만 명이 넘는 사람이 본 영화 중에 SF로 분류할 수 있는 것들이 많아. 알 만한 영화는 〈인터스텔라〉가 대표적이지. 그 밖에도 화성에서 주인공 혼자 살아남는 영화 〈마션〉, 모래 행성의 이야기가 등장하는 〈듄〉, 시간을 역행하는 〈테넷〉, 뒤로 넘어가며 총알을 피하는 장면으로 유명한 〈매트릭스〉 등이 있어. 봉준호 감독의 〈설국열차〉도, 최근에 나온 〈승리호〉나 〈외계+인〉과 같은 작품도 SF에 해당해.

종종 잊고 살지만 우리는 이야기를 참 좋아해. 누구나 아주 어릴 때부터 이야기의 힘을 느끼며 자라나거든. 옛날이야기, 잠자기 전에 들은 그 많은 동화, 감동적인 위인전과 깔깔거릴 수 있는 소설을 지나며 우리는 모두 이야기를 통과해 왔어. 아무런 이야기 없이 자라나는 사람은 없다는 얘기지. 게다가 이야기는 책 속에만 있는 게 아니야. 유튜브나 페이스북이나 인스타그램에도 이야기는 담겨 있어. 사진 한 장에서 수많은 숨은 이야기를 읽어 낼 수도 있지.

생각해 보면 우리는 모두 이야기하기 위해 살고 있는지도 몰라. 자신만의 이야기를 만들고, 그걸 다른 사람들과 나누기 위해서 말이야. 이야기는 언제나 우리를 유혹하고 마음을 움직여. 그중에서도 SF는 상상력을 극한으로 밀어붙이는 이야기가 많아. 지금 세상에서 빼놓을 수 없는 과학기술과 아직 실현되지 않은 수많은 기술 속에서 사람들이 어떻게 살아가게 될지 상상하는 거지. 아직 SF를 많이 접해 보지 못했다면 오히려 행운이야! 앞으로 읽을 수 있는 작품이 잔뜩 남아 있는 거니까.

어딘가 수상하고 뜻밖에 가까운 SF 사용설명서

생각보다 가까이에

SF를 처음 만난 사람들은 이 장르가 뭔지 궁금할 거야. 그런데 SF를 설명하는 게 그리 간단하지 않아. 어디서부터 어디까지를 SF라고 하는지 사람마다 달라. 국내는 물론 외국 SF 작가들도 그런 질문을 많이 받는다고 해. 하지만 작가들이 말하는 정의도 가지각색이야. SF라는 게 그만큼 한마디로 정리하기 어려운 거지. SF 팬을 자처하는 사람들도 서로 취향이 달라서, 어떤 작품을 SF라고 할 수 있는가를 두고 논쟁이 벌어지기도 해. 참 이상한 장르지. 이런 이야기는 『SF 연대기』라는 책에 잘 정리되어 있어. 쉬운 책이라고는 할 수 없지만, SF에 대해 정확하게 짚고 넘어가야겠다면 읽어 보면 좋을 듯해. 장르의 특성을 정의하는 데만 상당한 분량을 투자하거든.

그래도 굳이 SF가 뭐냐고 묻는다면? 말 그대로 Science Fiction, 과학소설이야. 더 잘 설명해 보라고? 과학적 상상력을 녹여낸 소설이라고 말하면 어떨까? 그런데 과학적 배경이나 설명이 그렇게 중요한가 하면 꼭 그런 것도 아니야. 현실적이지 않은 과학도 등장하거든. 가상의 세계에서 현실이 아닌 상황이 펼쳐지지만 그게 판타지와는 달라. 마법이 등장하지는 않거든. 교묘하게 과학과 판타지의 경계를 오가는 작품도 있는데, 이런 경우에는 마법이 등장하기도 해. 마법이라니 너무나 판타지의 용어라서 SF에는 절대 등장하면 안 될 것 같은 단어이긴 해. 하지만 그 세계에서는 마법으로밖에 설명할 수 없는 현상을 마법이라고 한다면, 마법이 SF 속에 등장해도 괜찮다고 인정해 준다고 해야 할까? 이렇게 정의하기가 애매하다 보니 SF는 어렵다는 선입견이 생기는 것도 당연해. 쉽게 생각해 보면 우주 여행, 시간 여행, 외계인, 안드로이드, 휴머노이드, 순간이동 등을 다루면 SF라고 불러도 될 것 같아.

몇 가지 SF를 읽어 보면 '아, 이런 소설이 SF구나!' 하는 깨달음을 얻을 수 있어. 사실 이 장르의 매력은 소재나 배경 때문에 생기는 게 아니야. 장대한 스케일과 과학기술적 설명만으로 재미있는 소설이 어디 있겠니? 사건, 주인공이 겪는 일, 대처법, 그때의 감정, 그 주변 사람들이 어떻게 살아가는지 등 다양한 요소가 결합해 소설의 재미가 생기는 거지. 특히 SF만의 독특한 재미는 우리를 현실 세계로부터 한 발짝 떼어놓게 하는 부분에서 만들어져. 지금, 바로 여기의 현실에서 일어나는 일이 아니라, 그와는 조금 다른 세상과 상황에 우리를 던지게 하는 거지. 그런 이야기는 아주 살짝 어긋난 세상을 보여 주기 때문에 우리의 상상력을 자극해.

대부분의 청소년은 학교에 다니고, 어른은 직장에서 돈을 벌고, 각자 자리에서 세상과 부대끼며 살아가는 이 세상에 과학적 상상력을 동원해 균열을 만들어내는 거야. 안드로이드와 함께 학교를 다니는 게 자연스럽다거나, 집 앞에 뭔가 떨어지는 소리가 나서 나가 보니 우주선에서 외계인이 나온다는 식의 이야기가(이런 이야기는 실제로 있어!) 펼쳐지는 거야. 아예 세계를 새로 세팅할 수도 있는 건 당연하고 말이야. 기후 위기로 지구는 멸망하고, 얼마 살아남지 못한 인류가 지구를 버리고 우주 여행길에 오르는 이야기. 아니면 이미 망해 버린 지구의 자연을 되살리기 위한 여정이 펼쳐지는 거지. 우리의 주인공은 이러한 상황에서 어떤 생각을 하며 움직일까? 그리고 소설을 읽는 너는 어떤 생각을 하게 될까? 사실 SF의 정의보다 중요한 건 그거지!

너무 뻔한 얘기라고?

    SF가 너무 뻔한 이야기만 다룬다고 비판하는 사람도 있어. 설정이 중요하기 때문에 설정을 따라가다가 소설의 흐름을 놓친다는 얘기도 있고. 배경 설정만 하다가 끝나는 듯한 이야기가 많아서 오히려 SF라는 장르에 대한 호기심을 잃게 된다고 말이야. 최근에 열린 한 과학문학상의 심사평에서 김보영 작가는 말했어. 소설로서 기본기는 있으나 과학적 논리가 부족한 작품과, 과학 이론은 열심히 넣었으나 소설로서 부족한 작품이 동시에 눈에 띄었다고. 좋은 SF는 이 두 가지를 적절히 조합한 소설이 분명해.

　모든 이야기는 첫인상을 강렬히 남기고 싶어해. 영화나 넷플릭스 시리즈를 본다고 생각해 봐. 첫 장면이 나도 모르게 '우와!' 탄성을 내뱉게 만든다면 반은 성공한 거라고 볼 수 있잖아? 어쩐지 빠져들게 되는 그 몰입감! 물론 힘을 준 첫 장면에 비해 뒤의 이야기가 재미없으면 아쉽겠지만 말이야. SF는 우리의 현실에서 조금 벗어난 세계를 다루기 때문에, 주인공이 어떤 상황에 놓여 있고 그 상황이 지금과 어떻게 다른지 자세하게 설명해. 배경이나 등장인물의 대사를 통해서. 소설의 앞부분에 제시되는 그런 설명에 나름 동의하고 이야기 속으로 들어가지 않으면 도무지 앞으로 나아갈 수 없거든.

　그래서 그런지 설정만 난무하는 소설이라거나, 미래라는 것만 강조할 뿐 별로 새롭지 않은 이야기를 한다는 비판을 곧잘 들어. 반복되는 소재가 등장하는 것도 그렇고. 우주나 시간 여행을 배경으로 하는 이야기는 정말 우릴 대로 우린 사골과 같은 소재지. 요즘에는 인공지능 관련 기술이 발전하다 보니, 이를 소재로 한 이야기가 꽤 등장하고 있어. 대화형 인공지능 서비스 써 본 적 있어? 많은 사람들이 관심을 갖고 있고, "인공지능이랑 채팅하는 거, 해 봤어?"라며 서로 묻기도 하지. 이러한 대화형 인공지능 시장에 국내외 여러 기업들이 뛰어들고 있기도 하고 말이야. 이런 상황에서 인공지능 이야기가 등장하는 SF가 쏟아져 나온다면 너무 뻔하고 재미없을 거야. '또 대화형 인공지능 때문에 벌어지는 일인가?' 할 거란 말이지.

　　게다가 우리는 SF적 상상의 시대를 직접 살아봤어. 바로 코로나 팬데믹을 지나왔잖아. 그 시간을 어떻게 보냈는지 한번 돌이켜 봐. 누군가는 학교에 가지 않아도 만족할 만한 시간을 즐겼을 테고, 다른 누군가는 가족과 긴 시간을 함께 있어야 한다는 사실에 몸서리쳤을 거야. 코로나에 걸리면 어떻게 해야 하나 걱정하며 점점 다가오는 공포로 힘들어 한 사람도 있었을 테고, 실제로 힘든 일을 겪은 사람도 있을 거야.

아직도 코로나 후유증에 시달리는 이들도 있고 말이야. 사람들은 코로나 상황을 지나며 이런 극한 상황조차 뻔해 보이는 눈을 갖게 되었는지도 몰라. 전염병이 발생해 지구가 멸망한다는 설정 자체가 흔한 상황이 되어 버린 거지.

그런데 SF의 매력이라는 건 뻔해 보이는 설정을 조금 더 현실과 가까운 곳에 가져다 놓을 때 만들어져. 그러면 이야기는 변하거든. 현실과 가까운 곳은 우리가 매일 반복해서 살아가고 있는 지금의 세상이야. 지겹도록 반복되는 하루하루를 찍은 사진의 배경 색깔을 조금만 바꿔도 얼마나 달라 보이는데. 중요한 건 각각의 설정 속에서 어떤 이야기를 만들어 가는지, 주인공이 어떤 생각을 하며 세계를 받아들이는지, 그리고 그런 설정이 현실과 얼마나 조화롭게 얽히는지가 아닐까? 그 연결 고리가 튼튼한 SF를 찾아보자. 아마너무 뻔할 줄 알았는데, 의외로 그 안에 보석이 있다는 걸 발견하게 될 거야.

현실 도피처

요즘 "현생을 살기 바쁘다."라는 말을 자주 쓰잖아? 원래 종교에서 쓰는 말이지만, 요즘엔 지금 해야 할 일이나 자신의 실제 삶을 직접적으로 뜻하는 말로 쓰여. 현생 살기 바빠서 탈덕을 했다거나, 현생이 바빠서 자주 게임에 접속하지 못했다거나 같이. 현생에 집중해서 멋지게 살기 위해 '갓생살기 프로젝트'를 벌이는 경우도 많지. 하루하루 해야 할 일을 정리하고 루틴을 만들어 현생을 살아가는 건 멋진 일일 거야. 하지만, 사실 정말로 피해 버리고 싶은 날도 많아. 현생이란 게 그렇잖아.

현실이 어렵고 힘들 때마다 '다른 삶'을 꿈꾸기에 SF만큼 좋은 장소는 없어. SF는 현실에서 도망치기에 딱 좋은 도피처가 돼. 현생에서 벗어나 잠시 다른 곳으로 몸을 피하는 거지. 특히 현실을 아주 조금 비틀어서, 지금은 이루어질 수 없지만 언젠가 현실이 될 수도 있는 세상을 살아 보는 건 좋은 현실도피일 수도 있어. SF를 읽고 나서 '나도 주인공처럼 열심히 살아야지' 같은 교훈적인 생각을 얻기 바라는 건 아니야. 아무리 선생님이지만, 그런 걸로 SF를 권해 봤자 먹히지 않는다는 것쯤은 알고 있어!

좋은 현실도피란 이런 느낌이야. 자기 앞에 주어진 것들을 해 나가고 있지만 의미를 찾을 수 없을 때, 기계처럼 공부하지만 앞으로 무엇을 해야 할지 조금은 막막할 때, 다른 사람들은 앞으로 나아가고 있는 것 같은데 나만 뒤처지는 느낌이 들 때, 잘하고 있으니 잠시 쉬고 싶을 때, 이럴 때 현실에서 도피하는 것.

나만의 상상의 세계로 도피하는 것이 가장 좋아. 나를 붙잡아 주고, 함께 상상할 수 있는 사람들과의 대화도 좋지. 하지만 뭘 어떻게 상상하라는 것인지 막막하잖아? 그럴 때 SF의 도움을 받는 거야. 새로운 세상을 하나 만들어 놓았으니, 우린 거기 들어가서 마음대로 돌아다니며 사람들을 관찰하고 그들의 마음을 살피는 거지. 현생을 살다 보면 그런 건 어렵잖아. 남들 눈치도 봐야 하고, 우리를 옭아매는 경쟁에서도 벗어나기 힘들어. 하지만 책을 읽는 동안에는 누구의 간섭도 받지 않아. 내가 어떤 상상을 해도 아무에게도 비난받지 않아. 내가 살아 보지 못한 삶에서 얻을 수 있는 건 '값진 교훈'보다 '다른 감각'에 가까워. 진심으로 상상할수록, 그 감각은 새로운 감각을 깨우지.

그리고 돌아오면 어떻게 되냐고? 또 도망치고 말았다는 패배감 두 스푼, 해야 할 일로 얼른 다시 돌아가야 한다는 압박감 세 스푼, 다른 삶에서 얻어 현실에 적용할 수 있는 몇 가지 감각 한 스푼이 남아. 다시 말하지만 이런 도피처에서 다시 현생을 살아갈 당당한 자신감 같은 건 얻을 수 없을지도 몰라. 아무리 '갓생 사는 방법'에 관한 동영상을 봐도 내 삶이 갓생이 되지 않는 것처럼 말이야. 하지만 한 스푼, 두 스푼 쌓인 감각은 의미를 찾을 때, 눈앞이 막막할 때, 혼자 남겨진 느낌이 들 때 우리를 움직이게 할 거야. 그렇게 믿어.

뼈 때리는 현실감각을 얻는 날도 있을 거야. SF의 세계는 현실을 비틀어 놓을 만큼 현실과 가까워. 공부할 때처럼 현실 풍자를 집요하게 찾아내지 않더라도 느낄 수 있을 거야. 어떤 현실과 마주하느냐는 우리의 관심사와 연결되어 있어. 돈이 있는 사람과 없는 사람의 계급 차이를 미래 세계에서 만날 수도 있고, 어린아이와 어른, 남자와 여자의 차별도 만날 수 있지. 현실에서 도피했지만, 그곳에서 현실을 마주하는 순간에 우리는 무엇을 얻게 될까?

물론 공포의 세계나 판타지의 세계도 좋아. 하지만 이번 생에서는 절대로 도달할 수 없을 것만 같은 인플루언서들의 인스타를 몇 시간이나 들여다보다가 현실로 돌아왔을 때의 참담한 마음을 떠올려 봐. 적어도 SF를 읽으면, 책을 읽었다는 감각만큼은 현실에 남는다니까. 책을 현실도피로 읽는 사람이 다 있다고? 맞아. 그런 방식으로 읽는 것도 괜찮아. 같이 한번 도망가 볼까?

어쩌면 현실 실험실

SF가 현실도피의 공간으로만 작용하는 건 아니야. 하나의 실험실이기도 해. 같이 상상해 볼까? 우리는 꽤 미래적인 냄새를 풍기는 실험실에 들어와 있어. 영화 〈매트릭스〉처럼 사람들을 상상의 공간으로 보낼 수 있는 장치가 눈에 보여? 조작할 수 있는 레버가 아주 많아. SF적 상상력을 조금씩 끌어올리거나 내릴 수 있어. 우주 여행, 시간 여행, 다양한 외계 생명체, 인공지능, 안드로이드, 휴머노이드 등등.

어딘가 수상하고 뜻밖에 가까운 SF 사용설명서

잠깐만, 생각보다 섬세하게 조정해야 해. 상상력을 올리려면 그만큼 개연성이 필요하거든. 현실과는 다른 세계를 만든다고 해서 얼토당토않은 이야기를 만들면 읽는 사람들은 어리둥절할 뿐이야. 그 세계에서 주인공이 무슨 일을 어떻게 벌이든 사람들이 관심 갖지 않을 거야. 이미 우리는 인공지능과 자동화기기 등 과학기술이 일상화된 시대에 살고 있어. 대재앙으로 지구가 멸망한다는 시나리오는 코로나 팬데믹으로 우리에게 가까워졌지. 코로나보다 더 강력한 바이러스가 언제든 우리에게 닥칠 수 있다는 생각도 하게 되었지. 그런데 여기에 상상력을 더한다고 너무 멀리 간다면 인간의 이야기가 아닌 어려운 이야기가 나오게 돼. 물론 그렇게 극한으로 과학적 설정을 넣은 SF도 있는데, 그런 작품은 읽기 쉽다고 말할 수는 없지. 그렇다고 상상력을 너무 조금 넣으면 SF라고 부르기 어려워져. 레버를 올리거나 내릴 때 모두 섬세한 조작이 필요한 거야. 참 어렵지?

SF에 등장한 상상력이 현실로 나타난 사례도 있

어. 〈쥬라기 공원〉에 등장한 유전자와 관련된 기술은 현실이 되었고, 필립 K. 딕의 소설 『마이너리티 리포트』가 영화화되었을 때 등장한 홍채 인식, 거미 같이 생긴 로봇, 멀티터치 기술이 모두 현실이 되었어. 『2001 스페이스 오디세이』라는 소설과 이를 영화로 만든 작품에는 우주선과 인공지능이 등장하는데, 이러한 기술은 지금은 당연해 보이지만 작품이 나온 때에 인류는 단 한 번도 우주에 나가 본 적이 없었어. 수많은 SF 소설, 영화, 만화에서 등장한 궤도 엘리베이터는 곧 현실이 될 준비를 하고 있고 말이야.

과학기술뿐만 아니라 미래의 사회 체제 안에서 살아가는 사람들의 이야기도 실험되고, 다시 현실에 등장해. 1985년 출간된 마거릿 애트우드의 『시녀 이야기』에는 공해와 질병으로 출산율이 떨어진 미래의 세상에서 오로지 임신과 출산을 위한 도구로 사용되는 시녀들이 등장해. 소설 속에서 시녀들은 숨죽여 살아가고 아무런 말도 할 수 없어. 이 소설은 2017년 드라마로 제작되었고, 그해 미국에서 낙태시술을 제한하는 법안에 항의하는 여성들이 소설과 드라마 속의 시녀들처럼 붉은 옷을 입고 침묵시위를 했어. 암울한 미래 사회가 도래한 것처럼 기묘한 분위기를 자아냈지. 그러니까 사람들은 SF 속에서 현실에 정말로 있을 법한 것들을 상상하고 있는 거지.

그런 의미에서 SF는 여러 가지 과학기술, 사회적 체제의 실험실이 될 수 있어. 작품에서는 아주 사소하게 쓰이는 기술이지만 현실이 된다면 중요하게 이용될 기능이나, 앞으로 등장할 기술을 상상하는 거지. 또 어떻게 그 기술을 사용할 것인지를 묻는 거대한 질문을 던지기도 해. SF는 은근슬쩍 그 상상력을 현실 세계에 끼워 넣고 있는지도 몰라. 자, 우리의 실험실에서 어떤 SF적 상상력을 발휘해 볼까? 이다음에 현실이 될 기술은 뭘까?

과학은 그렇게 중요하지 않아!

과학을 모르는데 어떻게 SF를 읽냐고? 혹시 너무 어려운 이야기가 나와서 소설을 읽을 수 없을까 봐 걱정할 필요는 없어. 사실 우리가 전혀 이해하지 못하는 과학적 원리가 나오는 소설이 그렇게 많지는 않아. SF는 과학 논문이 아니야. 과학적 사실과 상상력을 활용해서 이야기하는 게 목적인 '소설'이라서, '과학' 부분에 힘을 덜 주는 소설이 오히려 많다고 할까? 과학이 너무 어렵다면 '이런 건 나중에 읽어야지' 하면서

넘겨도 되고, 과학적인 부분은 대충 흘려 읽어도 괜찮아. 과학적 요소가 소설을 읽는 데 방해되지 않는다면 말이야. 주인공의 상황과 벌어지는 사건에 관해 집중한다면, 배경이 되는 과학적 설명에 집중하지 않아도 될 거야. 아이돌 덕질을 생각해 봐. 어떤 설명을 들은 것도 아닌데 그냥 노래가 좋고 춤이 좋아지고, 단 한 장면이 담긴 사진을 봤을 뿐인데 좋아하는 사람을 만난 것 같잖아. 나중에 책 속의 과학적인 내용이 더 궁금해진다면 그때 생각해 봐도 괜찮아. 과학적 배경을 설명해 줄 수 있는 책과 인터넷의 정보는 얼마든지 있어.

심지어 지금 과학기술로 설명할 수 없는 과학적 상상력을 동원하는 경우도 많기 때문에, '이건 상상이군.' 하고 넘어가도 대부분 이야기를 따라가는 데 큰 문제가 없어. 과학 용어가 너무 많이 등장한다고? 복잡하게 생각하지 마. 우리가 어떤 커뮤니티에 들어갈 때 그 안에서 사용하는 용어를 모두 알고 있지는 않잖아. 들어가기 전부터 다 알고 있다면, 새로운 게 뭐가 있겠어? 나중에 천천히 용어정리 사전을 스스로 만들어가는 게 재미있을지도 몰라.

우린 새로운 시선으로 세상을 바라보는 세계에 들어가는 거야. 모든 걸 알 수는 없어. 그 세상이 과학과 조금 많이 연결되어 있을 뿐이야. 과학적 요소를 넘어가면서 읽을 때는 어떻게 해야 하는지는 2장에서 더 설명할게. 이런 소설을 소프트 SF로 분류하고, 과학적 정교함이 많이 담긴 소설을 하드 SF로 분류하기도 한다는 이야기도 함께 말이야. 그냥 부딪쳐 보는 거야. 알 수 없는 용어투성이라도, 그게 모든 이야기를 끌고 나가는 핵심이 되지는 않아. 읽고, 우리의 지평을 넓혀 가는 거지. 걱정 마. SF에 등장하는 수많은 용어 중 대부분은 금방 찾아볼 수 있을 정도로 어렵지 않아. 그저 놀라서 지레 겁을 먹으면 그 공포 때문에 움츠러드는 것뿐이야.

봄날의 좀비를 좋아하세요?

우리나라에서 좀비를 다룬 영화라고 하면 〈부산행〉을 제일 먼저 떠올리겠지? 넷플릭스의 드라마 〈지금 우리 학교는〉에서도 주인공들이 좀비를 보자마자 '어? 이거 〈부산행〉인데?' 하며 좀비 사태를 파악하기도 하고 말이야. 이런 영화와 드라마가 재미있었다면 이미 SF를 좋아할 준비가 되어 있는 거야. 처음 좀비 개념이 등장한 소설은 『나는 전설이다』야. 작가인 리처드 매드슨은 열렬한 SF 팬이었고, SF 작품도 썼어.

하지만 그의 소설은 공포소설이기도 해. 우리나라에 번역된 책에는 아예 대놓고 '공포소설'이라고 쓰여 있으니까. 아무리 과학적인 뭔가를 더한다고 해도 실제 좀비를 만들 수는 없어. 뭔가 이야기 가운데에 초자연적인 설정이 들어가야 하지. 그런 면에서 좀비물을 엄밀히 따져 SF라고 보지 않는 사람도 있어.

『나는 전설이다』에서 좀비라는 개념을 명확히 만들어낸 이후, 사람들은 이 매력적인 소재로 다양한 소설, 영화, 게임을 만들었어. 그래서 좀비물이 하나의 장르가 되어 버렸을 정도지. 좀비라는 존재는 워낙 잘 알려져 있기 때문에 의외로 제대로 쓰기도 어렵고, 이야기가 재미있기도 어려워. 하지만 잘 알고 있는 좀비를 이용해서 살짝 다른 설정들을 넣으면 독특한 작품이 되기 때문에 좀비가 등장하는 작품들이 끊임없이 탄생하지. 하루에도 수많은 이야기가 올라오는 웹소설 시장에서도 꽤 인기 있고 말이야.

좀비물에 바이러스나 기생하는 생명체로 과학적 상상력을 더하다 보면 좀비처럼 보이지만 좀비가 아닌 존재를 설정하는 것도 가능해. 좀비가 등장하지만, 좀비 사태에서 살아남는 방법을 다양하게 소개하는 소설인지 소설이 아닌지 헷갈리는 『좀비 서바이벌 가이드』도 정말 재미있어.(이건 SF 카테고리에서 발견할 수 있어!) 좀비가 등장하는 작품들을 SF의 하위 장르로 생각하는 사람들도 있다는 거지. 뭔가 혼란스럽지만, 좀비는 SF와 결합하기도 하고, 공포와 결합하기도 하고, 심지어 로맨스 장르와 결합하기도 해. 좀비를 소재로 어떤 이야기도 만들 수 있다는 거지. 그러니까 좀비를 SF라고 부를 수 있는지 없는지는 중요하지 않아. 좀비물은 좀비물일 뿐.

어때? 과학적 개념이 복잡하고 잘 모르겠으면 우리와 익숙한 좀비가 등장하는 소설도 한번 찾아봐! 읽다 보면 잘 아는 좀비의 '일반적인' 모습을 어떻게 비틀었는지, 어떤 부분을 강조했는지, 어떤 비과학적 요소와 과학적 요소가 있는지 찾는 재미가 있을 걸. 분명, SF로 들어가는 좋은 길목이 될 거야.

우리는 파워레인저 세대!

모험담은 언제나 정답이지. 멋진 주인공이 등장한다면 더 좋아. 악당을 물리치고 선한 사람들을 구하는 영웅이 되는 것도 멋지고. 외계인들 사이에서 돋보이는 존재가 되어도 좋고 말이야. 그런 영화를 한 번도 본 적 없다면 거짓말일 거야. 〈아이언맨〉, 〈캡틴 아메리카〉, 〈앤트맨〉, 〈가디언즈 오브 갤럭시〉와 같은 마블 영화들은 SF의 소재를 잔뜩 담고 있거든. SF라고 하기에는 과학적 요소가 다소 부족한 작품도 있지만 이 세계관이 과학에 빚지지 않았다고 말하기는 어렵지.

　"I am Your Father!"로 유명한 〈스타워즈〉 시리즈도 우주에서의 모험담을 말할 때 빠질 수 없지. 그래서 "광선검을 만들 수 있느냐?" 묻는다면… 글쎄, 워낙 갖고 싶은 무기 아니야? 사람들이 끊임없이 이 무기를 연구하고 있어. 언젠가 그 에너지를 감당할 수 있는 배터리가 등장한다면, 비슷한 무기를 만들 수 있지 않을까? 〈스타워즈〉의 세계관이 엄격한 과학을 따르지는 않지만, 주인공은 우주선으로 은하계를 누비고, 수많은 외계 종족들이 등장해. 다스 베이더의 제국군을 상대로 벌이는 다양한 에피소드는 전 세계의 사랑을 받았지. 과학적 요소와 모험, 신화, 전설을 한데 모아 잘 버무린 이런 모험담을 SF의 하위 장르에서는 '스페이스 오페라'로 분류해. 수많은 이야기가 여기에 속해 있어.

　프라모델로 잘 알려진 〈기동전사 건담〉 시리즈는 애니메이션을 본 적이 없어도 아마 들어는 봤을 거야. 외계인이 자동차로 변신하는 〈트랜스포머〉 시리즈는 다들 한 번쯤은 봤을 테고, 〈파워레인저〉 시리즈 없이 어린 시절을 보낸 사람이 드물 정도야. 장난감으로도 워낙 유명해서, 그 시절에 부모님이 〈파워레인저〉 로봇을 얼마나 사주셨는지에 따라 추억에 잠기는 정도가 다르다니까. 엔진포스, 매직포스, 다이노포스, 캡틴포스 등 시대별로 다양한 일본의 슈퍼전대물 시리즈가 번역되어 들어와서 어떤 시리즈를 보았느냐에 따라 나이를 가늠할 수 있을 정도가 되었어. 〈카우보이 비밥〉이라는 고전 애니메이션도 유명하지. 그러니까 이런 영화와 애니메이션이 대부분 SF라는 거야. 책이 아니라 영화와 애니메이션으로 만났을 뿐이지. 우리는 생각보다 꽤 많은 SF 작품과 함께 자랐어. 우주 속의 모험이라니 생각만 해도 두근두근한다면 앞으로 만나게 될 수많은 책도 즐겁게 읽을 수 있을 거야.

이런 이야기가 유치하다고? 그건 〈파워레인저〉 때문에 생긴 편견이야. 어릴 때 본 작품이 모두 유치하지는 않아. 이런 전대물 시리즈도 나름의 플롯과 스토리가 있어. 모두 쫄쫄이를 입고 있어서 그렇지 그 세계 안에서 온 힘을 다해 싸운다고! 스페이스 오페라 작품 중에는 제국주의적 역사가 담긴 작품이 많기 때문에 역사적 시각을 갖게 해줄 수도 있다고! 수많은 종족과 긴 시간을 다루기 때문에 더 큰 눈으로 현실 세상을 바라보게 된다고나 할까? 어디, 실제로 유치한지 오히려 소름끼치게 현실을 빗댄 부분이 많은지 한번 찾아보자!

볼 만한 스페이스 오페라 시리즈

| 소설

『듄』 시리즈(프랭크 허버트)

『은하영웅전설』 시리즈(다나카 요시키)

익스팬스 시리즈(제임스 S. A. 코리)

| 고전 애니메이션

<기동전함 나데시코> 시리즈(사토 타츠오)

<톱을 노려라!> 시리즈(안도 히데아키)

<카우보이 비밥> 시리즈(와타나베 신이치로)

과학자들은 SF를 좋아할까?

당연히 SF를 좋아하는 과학자가 있겠지. SF를 좋아하는 의사, 건축가, 사업가, 조리사, 유치원 선생님이 있는 것처럼. 과학자 중에서 SF를 싫어하는 사람이 많지 않을까? 과학소설이니까 당연히 과학자들이 등장할 테고, 그들은 높은 확률로 악당일 수 있거든. 아니면 너무 전형적인 '스테레오 타입'이거나. 알지? '과학자' 하면 자동으로 떠오르는 이미지 말이야. 약품이 묻어서 더러워진 가운을 입고, 커다란 안경을 쓰고, 아무렇게나 자란 머리카락은 며칠을 감지 않았는지 헝클어져 있고, 대충 아무거나 주워 입은 것 같은 바지에 편안한 신발을 신고 있고. 게다가 그 과학자가 이상한 표정으로 음흉한 미소를 흘리고 있다면? 어휴, 그런 이미지의 과학자들이 등장하는 건 아마 읽고 싶지 않을 거야. 실제 그런 과학자는 많지 않으니까.

제목에 낚였다고 생각하지 말고 기다려 봐. 이제 본론이니까. 과학자 중 일부는 SF를 사랑한 나머지 직접 SF를 쓰기로 했어. 『행성 대관람차』와 같은 SF를 쓴 곽재식 작가는 화학과 공학을 전공한 과학자야. 『휴가 갈 땐, 주기율표』나 『곽재식의 아파트 생물학』 등의 과학책도 썼고, 방송에서 멋진 미소와 입담으로 주목받고 있지. 『우리가 빛의 속도로 갈 수 없다면』으로 우리나라 SF의 새로운 역사를 쓰고 있는 김초엽도 생화학을 석사까지 공부했어. 최근 우리나라 과학자들이 SF 작가와 함께 『떨리는 손』이라는 과학소설집을 만들어 내기도 했지.

『코스모스』로 유명한 과학자 칼 세이건도 과학소

설을 썼고, 어렵지만 명확한 과학적 설정으로 유명한
『중력의 임무』를 쓴 할 클레멘트도 과학자야. '아니,
이렇게 치밀한 과학 지식을 속도감 있는 소설에 녹일
수 있다니!' 하고 놀라게 한 『소용돌이에 다가가지 말
것』은 알고 보니 과학자가 쓴 거였어. 이 책을 쓴 작가
인 폴 맥어웬은 심지어 대학교 물리학과 교수야. 손에
꼽을 고전을 쓴 아이작 아시모프도 생화학 교수였지.
인생 SF 중 하나인 '파운데이션 시리즈'를 썼어.

　'문송합니다'라는 말을 들을 때마다 과학 분야의
지식을 글쓰기나 문학과 멀게 느끼는 사람이 많다는
생각이 들어. 하지만 그 벽을 뛰어넘어 과학을 소설로
만들고, 소설에 과학이라는 페인트를 칠하는 사람이
SF 작가고, 그걸 해내는 과학자들이 이렇게나 많아.
과학자가 쓴 소설이라니! 다시 처음의 질문으로 돌아
가 볼까? 어떤 과학자들은 SF를 좋아해, 평생 SF 속
에 파묻혀 살 정도로, 평생 새로운 SF를 만드는 작업
을 해낼 정도로 말이야.

과학 선생님도
어렵게 읽는 SF가 있다고?

있지, 있어. 과학 교사도 어렵게 읽는 SF가 있어. 과학적으로 엄밀한 정확성을 따지며 쓴 SF는 '하드 SF'라고 불리는데, 그런 건 정말 어려울 때가 많아. 하드 SF를 쓰는 작가가 그렇게 많지도 않아. 그렉 이건 이라는 작가는 어려운 책을 쓰기로 유명한데, 우리나라에 번역된 그의 책은 『쿼런틴』과 최근에 번역된 『내가 행복한 이유』 두 권 뿐이야. 『쿼런틴』은 절판되었다가 최근에 다시 출간되었어. 그의 책은 양자역학을 비롯한 과학적 이야기가 가득한데, 사건이 중첩되고 다시 중첩되어 중간에 길을 잃기 쉬워. 중첩된 이야기를 읽는 중간중간 앞으로 돌아가서 내용을 확인하다 보니 읽는 데 시간이 오래 걸리지. 그렇게 두꺼운 책이 아닌데도 집중해서 읽기가 힘들었어. 빌린 책이라 시간적 압박이 있었고 말이야.

다른 의미로 어려운 책도 있어. 얼마 전에 읽은 어떤 SF에는 초반과는 다른 설정이 등장해서 혼란스러웠어. 우주선 안에서 위와 아래가 붙어 있는 작업복을 입고 있는 주인공과 친구는 하층민의 옷에 주머니가 없는 현실을 슬퍼해. 주머니에 손을 넣고 다니는 흉내를 내기 위해서 바지 부근에 구멍을 뚫어서 그냥 손가락만 넣고 다닌다는 이야기가 나와. 주머니가 없어서 난감한 일이 생기기도 해. 그런데 소설 중반 이후에 갑자기 주머니에서 무언가를 꺼내 내밀었다거나, 부리나케 주머니에 뭔가를 챙겨 넣었다거나, 심지어 좀 커다란 물건까지 다 주머니에 넣었다는 거야. 이 소설에는 주머니라는 단어가 13번 등장하는데, 그중에서 주머니가 없다는 말이 4번 나오고 나머지는 모두 주머니에 뭘 넣었다는 거야. 갑자기 어디에서 주머니가 생긴 걸까? 그 부분이 신경 쓰여서 책 읽기가 어려웠어. 알지? 이렇게 중간에 걸리는 게 있으면 얼마나 걸리적거리는지 말이야. 주머니 생각을 하면 그게 어디서 나타났는지 궁금해서 다른 내용이 하나도 눈에 들어오지 않았어.

최신 과학은 늘 발전하기 때문에 과학 선생님도 계속 공부해야 할 필요가 있어. 그런데 평소 관심을 두지 않던 분야의 이야기라면? 당연히 잘 모를 수밖에 없어. 과학은 정말 다양하고, 어려운 건 선생님도 마찬가지라는 거지. 앞의 주머니 얘기처럼 다른 의미의 어려운 책도 있고 말이야. 처음 만나는 이야기에 당황할 때, 어색한 상황이 나타나서 신경 쓰일 때가 어려운 거야. 누구나 그러니까 걱정 말아. 다양한 책을 뒤적거리다 보면 판단할 수 있을 거야. 나중에 읽으면 알 수 있을 듯한 책인지, 읽어도 읽어도 어려울 지옥에서 온 책인지. 첫 번째라면 지금도 과감히 도전할 수 있을 거야. 언제나 쉬운 책만 읽을 수는 없으니까. 머리가 아프게 고민하면 사고가 점프하거든. 하지만 두 번째라면 과감하게 포기해도 괜찮아. 재미있는 책은 얼마든지 있고, 도약하다 보면 도전하는 폭이 늘어날 거니까.

현실보다 더 현실적인

얼마 전에 〈돈 룩 업〉이라는 영화가 넷플릭스에 나왔어. 엄청나게 많은 인기를 끈 것은 아니지만, 사람들 사이에서 현실을 제대로 풍자한 영화라는 높은 평을 받았지. 지구는 언제나 지구 밖에서 들어오는 소행성이나 운석의 충돌 위험에 노출되어 있어. 이 영화는 소행성이 지구에 떨어지는 위기에 맞서기 위한 과학자들의 고군분투를 그리고 있어. 정말로 소행성 충돌 위기가 펼쳐진다면 어떤 일이 생길까? 모든 사람이 힘을 합해 위기에서 탈출하려고 할까? 다가오는 위협이 있다는 말을 사람들이 믿을까? 영화처럼 한 사람의 영웅이 나타나게 될까? 오히려 그런 상황을 음모론으로 취급하거나, 그러거나 말거나 하루하루 살아가기에 바쁘지 않을까? 〈돈 룩 업〉에는 유명하지 않은 대학의 과학자가 발견한 소행성의 위협을 믿지 않는 정치인의 모습, 사람들이 SNS로 퍼 나르는 이야기 등이 사실적으로 나타나. SF 영화이지만 현실을 풍자하고 있어서 놀라울 정도야.

외계인이 우리가 사는 세상에 도착했는데, 그들이 공격적이지 않고 그저 살 만한 곳을 찾아온 종족이라면 어떨까? 〈디스트릭트 9〉이라는 영화에는 벌레 취급을 받으며 살아가는 외계인들의 삶이 나와. 남아프리카공화국 상공에 출현한 우주선에는 말라 비틀어져 죽어 가는 외계인이 바글거리고, 남아공 정부는 이들을 위한 주거 공간을 만들어 그들을 격리하고 먹을 것을 줘. 가난한 외계인들은 놀림감이 되고, 그 지역은 점점 범죄의 소굴이 되어 버리지. 영화는 이 거주 구역에서 일어나는 일을 다뤄. 우리나라에서도 사람들을 벌레 취급하는 일이 있잖아? 급식충, 맘충 등의 용어는 사람을 비하하는 말로 쓰여. 영화 속의 외계인도 벌레보다 못한 취급을 받아. 인종차별과 가난을 은유하고 풍자하는 모습이 처참한 영화야. 그 영화가 남아프리카공화국을 배경으로 설정한 부분은 더 사실적이지. 실제로 남아공은 백인이 흑인을 사람 취급하지 않았던 역사를 가진 나라거든.

배경이 화성인 영화 〈마션〉은 정말 일어날 법한 사건을 다루기 때문에 현실적이야. 이런 사건은 실제 화성에서 일어난 것은 아니지만, 얼마 지나지 않아 일어날 수도 있어. 영화에서 화성과의 통신 기능을 잃고 과학자들이 생각해 낸 방법은 오래전에 화성에 보낸 탐사선을 이용하는 것이었어. 〈인터스텔라〉는 실제 과학자에게 받은 자세한 조언을 반영해서 블랙홀을 묘사했고, 〈그래비티〉는 "어떻게 우주에서 촬영하셨어요?"라는 질문을 받을 정도로 우주를 사실적으로 묘사했다는 평가를 받았어. 이렇게 다양한 영화에서 현실보다 현실적인 세계를 만날 수 있어. 현실을 기반으로 하면서도 현실이 아닌 이야기를 다루고, 현실이 아닌 이야기 속에 현실을 담아내는 모습이 SF의 특성이라고 할 수 있어. 다양한 SF 영화와 책 속에서 어떤 부분이 현실적인지, 비현실인지 찾아내 보자.

왜 장르 문학일까?

SF에 해당하는 책을 찾아보려면 인터넷 서점을 한번 기웃거려 보자. SF는 '장르 소설'에서 찾을 수 있어. SF 옆에는 추리소설, 판타지소설, 환상소설, 공포소설, 무협소설, 로맨스소설 등 다양한 장르 소설이 있어. 장르라는 말은 특별한 조건이 붙는다는 거야. 공포소설은 무서운 이야기를 담고 있고, 무협소설에는 무술의 고수가 등장하지. 추리소설에는 만화 〈소년 탐정 김전일〉이나 〈명탐정 코난〉에서 볼 수 있을 법한 추리가 들어있겠지?

김전일의 법칙에 관해 들어본 적이 있어? 어딘가에 놀러 가서 숙박하는데 그곳에 김전일이 있다면 누군가 죽을 확률이 높아진다거나, 괴담이나 전설이 있는 곳으로 여행을 가면 안 된다거나, 미리 김전일을 알아채고 빠져나오려 해도 밖으로 나가는 유일한 외다리가 끊어지거나 폭풍우로 배가 끊겼을 것이라는 법칙 말이야. 김전일과 코난 주변에서 자꾸만 살인사건이 일어나기 때문에 이런 법칙까지 생겼어. 장르 문학도 비슷한 느낌이야. 비슷한 법칙을 따르고, 비슷한 소재를 사용하면 그걸 장르 문학으로 부르는 거야.

하지만 이 분류는 조금 이상해. 사람들은 순수 문학의 반대 개념으로 장르 문학이라는 말을 사용해. 문학에 '순수'라는 말을 붙이는 건 순수하지 못한 무언가가 있다는 뜻이잖아? 예술에서 순수하다는 것은 무엇일까? 돈에서 순수하다는 걸까, 재미에서 순수하다는 걸까? 뭔가 이상한 설명이야. 그러면서 계속해서 예술적인 가치가 떨어진다는 뜻으로 장르 문학을 깎아내리지. 그래서 아예 장르 문학을 거들떠보지 않는 사람들도 있어. 그런 문학을 즐기는 사람들의 가치가 떨어지는 것처럼 말이야.

노벨 문학상을 받으면 순수문학이고, 그렇지 않으면 장르 문학일까? 2017년에 노벨 문학상을 받은 가즈오 이시구로(이름이 일본식인 이유는 일본계 영국인이기 때문이야!)라는 영국의 작가가 노벨 문학상을 받은 이후 처음으로 발표한 작품이 SF야. 『클라라와 태양』은 아이들의 친구로 생산되는 인공지능 로봇에 관한 이야기야. 쇼윈도에 진열되어 판매되기를 기다리는 '클라라'는 인간 친구를 기다리고 있어. 아주 슬프고 아름다운 이야기가 펼쳐져. 인간다움이란 무엇인지 묻는 작품이야. 우리나라의 소설가이자 번역가인 정보라 작가는 『저주토끼』라는 작품으로 2022년 부커상 최종 후보에 오르기도 했어. 부커상은 영국에서 출판된 영어 소설 중 최고의 소설을 가려내는 영국의 문학상인데, 세계적으로 권위를 인정받고 있어. 『저주토끼』에는 공포소설과 SF가 모두 들어 있어. 이렇게 따져 보면 순수문학과 장르 문학은 뭔가 이상한 분류인 게 맞아. 그 경계가 흐릿하다고나 할까?

물론 장르 문학 중에는 단순한 전개나 어색한 문장 때문에 비판받는 소설도 있어. 기본적인 검증이 되지 않아 문법이 맞지 않는다거나, 비문이 쓰인 경우도 있고, 제대로 번역되지 않아 읽기 어려운 것도 있어. 하지만 이런 문제는 작품을 대하고 책으로 만드는 과정에서 발생하는 경우가 많아. 이런 문제를 해결해 간다면 장르 문학과 순수문학의 경계는 점점 사라질 거야. 장르 문학이 뭔지 대충 알았다면 그런 구분은 우리부터 버리자. 소설 중에 과학소설이라 부를 수 있는 책이 많이 있고, 그걸 즐겁게 보면 되는 거야!

우리나라에도 SF가 있어?

　　우리나라는 SF의 불모지라는 말을 종종 들었어. 불모지는 버려진 땅이나 쓸모없는 땅을 의미하는 말이야. 그러니까 우리나라는 SF에서 버림받은 곳이랄까? 기억나는 우리나라 SF 영화는 손에 꼽을 정도밖에 없어. 〈괴물〉이나 〈설국열차〉는 잘 만든 SF 영화지만, 유명한 감독의 알려진 영화니까 어느 정도 레벨이 되어야 만들 수 있는 영화가 아닌가 생각하게 만들어서 아쉬워. 지난해에 SF 영화 〈외계+인〉이 개봉했지만,

큰 인기를 얻지 못했어. 혹시나 SF 영화는 성공한 감독이 참여하고, 많은 자본이 들어가야 만들 수 있는 영화라는 사람들의 인식이 강해지면, 만드는 걸 시도하기 참 어려울 수도 있을 거 같아 염려가 돼.

하지만 우리나라에도 멋진 SF 작가들이 있어. 불모지에서 암흑기를 지나는 동안 그 기반을 탄탄하게 다지고 지켜 온 작가를 몇 명 소개해 볼게. 김보영 작가는 영화 〈설국열차〉의 1차 시나리오 제작 참여자야. 다양한 SF 앤솔러지를 기획하고, 2021년에는 외국의 문학상 후보에 오르기도 했어. 최근에도 다양한 SF를 발표하고 있는 우리나라의 대표 작가 중 하나지. 배명훈 작가도 아름다운 SF를 쓰고 있어. 『예술과 중력가속도』는 손가락을 꼽을 정도로 좋은 작품이고, 최근에 나온 『우주섬 사비의 기묘한 탄도학』과 같은 소설도 좋아. SF 작가의 삶을 담은 에세이집도 있어! 듀나 작가도 마니아가 잔뜩 있을 정도로 인기 있는 SF 작가야. 한 편의 애니메이션을 보는 느낌이 드는 소설을 써.

최근 우리나라에는 SF 작가라고 불리는 사람들이 늘었어. 최근 3~4년 동안 우리나라에 SF가 많이 등장했다는 얘기는 전에도 했지? 최근 우리나라에서 인기를 끌고 있는 작가들은 SF만이 아니라 다양한 분야의 글을 쓰고 있어. 김초엽 작가가 김원영 작가와 함께 쓴 『사이보그가 되다』는 과학과 사회와 인간을 연결하는 훌륭한 인문학이며 사회학 책이야. 과학 책을 쓰는 작가도 있고, 글쓰기 책을 쓰는 작가도 있고, SF로 분류할 수 없는 책을 쓰는 작가도 있어. 다양한 분야의 작가들이 함께 단편집을 만들기도 해. 그러니까 SF 작가들도 한 가지 틀에 매여 있지 않고 여러 가지 시도를 하고 있다는 뜻이지.

순수 문학과 장르 문학의 경계가 점점 옅어지면서 SF의 소재를 활용한 글도 많이 늘었어. 김영하 작가의 『작별인사』는 인공지능을 다루고 있고, 김중혁 작가의 『딜리터』는 SF와 판타지의 경계를 넘나드는 재미있는 소설이야. 예전에는 SF를 '공상과학소설'로 부르며 어린이들이나 읽는 소설로 취급했어. 하지만 요즘에는 과학소설을 즐기는 사람도 많아지고, 우리나라에도 SF를 쓰는 사람들이 늘어나면서 공상과학이라는 말을 잘 사용하지 않아. 과학소설에 관한 평가도 점점 좋아진다고 해야 할까? 번역되는 소설뿐만 아니라 우리나라 작가들의 다양한 작품을 만날 수 있다는 건 행운이야. 우리 시대에, 우리와 같은 언어를 쓰는 이들의 상상력을 만날 수 있는 거니까!

어딘가 수상하고 뜻밖에 가까운 SF 사용설명서

2

SF를 읽는
어떤 방법

어떤 글을 읽을 때 '정석'의 방법이 있는 건 아니야. 당연하지. 소설을 꼭 카페에 앉아서, 인문학 책과 사회학 책은 꼭 지하철에서, 과학 책은 공원에서만 읽어야 한다는 규칙이 있으면 얼마나 웃기겠어? SF를 읽는 방법은 사람마다 다를 거야. 상상할 수 없는 기괴한 방식으로, 나무에 거꾸로 매달려 읽으라는 건 아니야. 영화와 책을 어떤 순서로 읽는지, 유명한 작가는 누구인지, 단편부터 읽을지 장편부터 읽을지 살펴보자는 거야. SF 세계를 탐험하는 히치하이커를 위한 안내서와 같은 느낌으로. 멀리 가려면 함께 가라는 말이 있잖아? 다른 사람들의 방법도 살피고, 자신이 어디쯤 위치하는지 돌아보기도 해야 한다는 뜻이야. 어떤 방법으로 책을 선택하고, 읽고, 확장하고, 다시 빠져드는지 살피다 보면 어느새 SF를 읽는 자신만의 방법을 만나게 될지도 몰라. 더듬더듬 살펴 온 SF 세계의 기본 지도를 만들기 위한 여행을 떠나보자.

SF를 한 번도
읽어 본 적이 없다면?

축하해! 앞으로 수많은 SF를 만나게 될 거야. 앞으로 새롭게 등장하게 될 소설들과 지금까지 나온 소설 사이에서 어느 방향으로 길을 잡아도 한참 구경하며 돌아다닐 수 있을 거야. 마치 축제의 한가운데 있는 거나 마찬가지야. 상상 속의 SF 축제를 즐기려면 어떻게 해야 할까? 여기에는 수많은 부스가 늘어서서 우리를 기다리고 있어. 우선 전체적으로 한번 돌아보는 것도 좋고, 취향에 딱 맞는 부스에서 한참 시간을 보내는 것도 괜찮아. 샅샅이 살펴보기 위해 구역을 나눠서 돌아도 괜찮아. 고전 SF를 읽어도 괜찮고, 최근에 나온 짧은 소설을 찾아도 괜찮아. 외국의 SF를 먼저 읽어도 좋고, 우리나라에서 나온 SF를 차근차근 따라가도 괜찮다는 얘기야.

고전을 읽는다면 이 장르의 매력을 충분히 느낄 수 있지만, 시대감각이 조금 떨어질 수 있어. 고루한 내용이나 다양성을 존중하지 않는 모습, 남성 중심의 세계관이 불편하다면 꼭 고전을 읽을 필요는 없어. 짧은 이야기가 괜찮다면 최근에 나오는 〈오늘의 SF〉와 같은 문학잡지를 읽는 것도 괜찮아. 하지만 짧은 호흡의 이야기는 생각보다 이해가 어려울 수도 있어. SF에도 자주 쓰이는 문법이 있는데, 그 틀이 익숙하지 않은 사람이라면 '이거 무슨 얘기지?'에서 시작해 계속 물음표만 남길 수 있어. 그 문법과 다른 방향으로 쓴 작품을 많이 읽은 사람이 읽는다면, 그는 '이야기를 이런 식으로 풀어가다니!'라며 신선한 발상과 놀라운 전개라고 생각할 수도 있겠지.

외국의 이야기를 읽는 것에도 장단점이 있어. 번역은 새로운 창작에 버금갈 정도로 어려운 작업이야. 번역이 매끄럽지 않은 글은 읽어도 읽어도 이상할 수 있어. SF 특성상 새로운 용어가 등장하는 경우라면 더 어려워. 외국어로 만들어낸 새로운 단어를 맥락 있는 우리말로 다시 창작하는 건 정말 어렵지. 익숙하지 않은 배경과 낯선 문화를 접하는 것도 읽기에 스트레스를 줘. 이런 이유 때문에 번역된 책보다 우리나라 창작물을 선호하는 사람도 많아. 하지만 이 장르의 고전은 거의 외국 책이고, 다양한 작품 생산은 외국에서 이루어지는 경우가 많기 때문에 몇몇 단점에도 불구하고 외국 작품을 읽을 만한 가치가 있긴 하지.

요즘 우리나라 작품을 읽으면 최근의 SF 감성을 느끼면서 우리나라 문화에 밀착된 이야기를 읽을 수 있어. 괜찮은 선택이지만 사회 비판이나 풍자가 등장하는 경우에는 어리둥절할 수 있으니 이야기와 작가를 잘 선택해야 해. 우리나라 SF 작가들을 따라가면서, 만나는 작가를 늘려 가는 것도 좋아. 이야기에도 작가의 스타일이 담겨 있어서, 각 작가의 스타일에 익숙해지면 작가와 함께 이야기를 따라가는 흐름이 생겨. 우리나라 SF 작가들이 어떤 방식으로 이야기를 풀어가고, 우리나라의 사회 이야기나 뉴스 속에서 어떤 소재를 뽑아내는지 알아볼 수 있는 눈이 생긴다는 거야. 물론 이런 눈을 갖기 위해서는 많은 작품을 읽어 보고 분석하는 연습을 해야 해. 그런데 우리나라 작가를 따라가며 작품을 즐기기에 숫자가 조금 부족하다는 게 문제야. SF 부흥기인 요즘, 작품이 쏟아지고 있지만 막을 수 없을 만큼 많이 나오지는 않아. 어? 그래서 정복하는 재미가 있을 수 있겠다고? 맞아! 바로 그 자세로 읽어 보자고!

SF 유형 테스트

→ YES → NO

SF가 무엇의
약자인지
알고 있다.
→
SF는 공상과학소설로
외계인이 주로
등장하는 소설이다.
→
SF는 과학의
발전과는 상관없는
소설이다.

↓ ↓ ↓

〈인터스텔라〉는
어렵지만
만족스러운 영화다.
→
SF는 잘 모르지만
좀비 영화나 마블
영화는 정말 좋아한다.
→
SF는 과학이 나와서
어려울 것이다.

 ↓ ↓

미래의 새로운 기술이
등장하면 알고 싶고,
그 신선함이 좋다.
←
개연성이 충분하다면
인공지능과 외계인과
소통하는 것도
가능하다고 생각한다.
←
긴 이야기보다
짧고 간결한
이야기가 좋다.

 ↘ ↓

600쪽 넘는 책과
시리즈도 충분히
읽어낼 수 있다.
←
이야기를 나누고
서로 관계 맺는 것이
인간을 너머 다른
존재여도 좋겠다.
←
나는 과학이나 수학과
어울리지도 않고,
그럴 생각도 없다.

 ↓ ↓

아이디어형 독자

미래의 신기술과
새로운 아이디어를
중시하는 기술파!
단편 SF로 직진!

이야기형 독자

장대한 서사와
등장 인물묘사를
중시하는 스토리파!
고전부터 신작까지
장편 SF를 골라 보자!

SF 초심자

SF 세상에 오신 것을
환영합니다.
넓고 깊은 SF 세상을
향해 천천히
나아갑시다.

이야기의 매력에 빠지는
장편 SF

장편소설은 이야기의 매력에 빠질 만한 요소가 많아서 SF를 시작하기 좋은 출발점이 될 거야. SF를 소개하는 많은 글 중에서 출간되고 조금 시간이 지난 외국 소설을 추천하는 경우가 많아. 그런 책은 많은 사람들이 찾고 검증한 책이 대부분이라 실패할 염려가 적어. 오랫동안 사랑받은 이유가 확실히 있기 때문에 그런 추천 목록에서 어떤 책을 선택하더라도 즐거운 부분을 만날 수 있을 거야.

어딘가 수상하고 뜻밖에 가까운 SF 사용설명서

하지만 조심해야 해. 장편의 업그레이드 버전이 숨어 있거든. 대하소설과 같이 몇 권에 걸쳐 이어지는 아주 긴 이야기도 있어. 인기 있는 소설은 후속작이 계속 나와서, 이야기가 끊이지 않고 만들어지기도 해. 뒤로 갈수록 힘이 빠지는 경우도 있고, 뒤로 갈수록 완성도가 높아지는 경우도 있어서 시리즈의 평가를 살피는 것이 좋아. 장편 소설은 읽기 시작하면 꽤 오랜 시간을 소설 속에서 보내야 하기에, 읽는 사람에게도 프로젝트와 같은 도전이야. 아무런 배경지식 없이 도전하는 것도 좋지만, 그 안에서 뭘 만나게 될지 간단한 가이드 같은 것이 있으면 좋겠지. 유명한 장편 SF에는 그런 가이드가 많아. 사람들의 서평이나 간단한 책 소개글이 많고, 그것이 시대별로 쌓여 있어. 사람들이 어떤 평가를 내리고 그 평가가 얼마나 오래 이어지는지 보면 읽을 만한 소설과 그렇지 않은 소설을 구분하는 눈도 생겨. 게다가 이런 장편을 써내는 작가가 많지 않고, 시리즈 한 편 한 편에 도전하다 보면 어느새 꽤나 많은 SF 리스트를 따라갈 수 있게 된다고. 맞아. 한 분야를 정복하는 느낌이랄까?

이런 소설을 보며 자란 사람들이 또 다른 SF를 창작하기 때문에 원형이 되는 플롯을 볼 수도 있어. 플롯이란 사건이 배열되는 논리적인 구조를 말해. 이야기는 단순히 시간 순서대로 배치되지 않아. 이야기 속 사건을 작가의 의도대로 재구성하는 것이 바로 플롯이야. 장편을 읽다 보면 SF 장르에 쓰이는 플롯이 어떤 것인지 감을 잡을 수 있어. 모두가 같은 플롯을 사용하는 것은 아니지만, 그 안에서 '이런 등장인물, 이런 배경, 이런 플롯을 SF라고 하는 구나!' 하는 깨달음을 얻을 수 있을 거야.

게다가 작품이 쓰인 시기의 과학기술을 생각하면 참신한 상상력을 느낄 수도 있지. 지금은 당연하게 느껴지는 우주 여행, 로봇과 인공지능, 빅데이터 관련 다양한 이야기를 옛날 사람들이 상상할 수 있었다는 걸 깨닫게 되면 정말 놀랄 거야. 아폴로 계획으로 인류가 달에 착륙하기도 전에 만들어진 소설과 영화가 완벽하게 우주를 재현한 것을 보면 소름 돋을 정도야.

다음의 리스트 중에서 마음에 드는 것을 골라 평을 한번 읽어 보자! 기나긴 여행의 시작이 될 거야.

- 스페이스 오디세이 시리즈, 『라마와의 랑데부』(아서 C. 클라크)

- 『별을 위한 시간』, 『우주복 있음, 출장 가능』(로버트 A. 하인라인)

- 『아이, 로봇』, 파운데이션 시리즈(아이작 아시모프)

- 『듄 1~6』(프랭크 허버트)

단편과 앤솔러지

틱톡이나 유튜브 숏츠와 같은 짧은 콘텐츠가 유행하고 있어. 짧은 것만 본다고 무시하는 사람들도 있지만, 이런 짧은 콘텐츠의 매력은 사람들이 직접 만들어 올리며 소통하는 데 있다고 생각해. 영상을 찍어 보거나 짧은 글을 써 보면, 그런 작업이 생각보다 어렵다는 것을 알 수 있어. 짧다는 건 내용을 생략한 것보다 내용을 집약한 경우가 많잖아? 영화 한 편에서 핵심이 되는 내용을 소개하는 콘텐츠를 만드는 건 생각보다 골치가 아파. 어떤 부분을 꼭 설명해야 하고, 어떤 부분은 넘어가도 되는지를 선택하고 집중해야 하거든. 긴 이야기 말고 딱 핵심만 알고 싶다는 사람들의 열망 때문에 짧은 콘텐츠는 늘어나고, 짧은 콘텐츠를 만들기 위한 노력이 계속되고 있는 걸로 보여.

동영상도 짧은 것만 찾는 요즘 것들이라고 한다든지, 집중하는 시간이 점점 줄어들어서 자꾸만 새로운 세대가 생각을 안 한다고 비난하는 경우가 있어. 이렇게 말하는 사람들은 짧은 콘텐츠는 짧으니까 만들기 쉽다고 생각하는 것인지도 모르겠네. 아닌데 말이야. 긴 영상을 볼 때 모든 시간을 집중해서 보는 것이 아니고, 보는 중간중간 쉬게 되지 않아? 짧은 영상의 유행 속에서도 극장에 가서 긴 영화를 보는 문화가 사라지지도 않고 말이야. 그러니 짧은 분야와 긴 분야로 더욱 세분화되었다고 하면 안 될까? 짧은 걸 좋아한다고 해서 비난받아서는 안 된다고 생각해. 그런 형태를 두고 개탄할 필요도 없고 말이야.

마찬가지로 SF 중에서 짧은 글을 원한다면? 단편

소설을 찾아보면 돼. 유명한 작가의 SF 단편도 좋고, 여러 작가의 단편을 모은 단편집도 많이 출간되어 있어. 이런 책은 '소설집'이라는 말로 나오는 경우가 많아. 우리나라 SF 문학상은 거의 매년 개최되고, 당선된 작품들을 모아 책으로 출간하기도 해. 이런 책에는 심사위원들이 심사숙고해서 고른 단편들이 수록되기 때문에, 읽는다면 재미있는 작품을 만날 수 있어.『여성작가SF단편모음집』과 같이 특징 있는 작가들의 작품을 모으는 경우도 있고, 신인 작가들만 모아서 책을 내는 경우도 있어. 신인 작가라면 엄청난 기세로 글을 쓸 수 있지 않을까? 당연히 참신하고 특별한 작품들을 만나게 될 거야.

더 특별한 경우는 한 가지 주제에 대해 여러 작가가 쓴 글을 묶어서 만든 작품집이야. 이런 기획을 '앤솔러지'라고 하는데, 최근 우리나라에서 앤솔러지가 많이 나오고 있고, 주목받고 있어. 슈퍼히어로를 다룬 『이웃집 슈퍼히어로』와 같은 작품은 주변 사람들에게 추천했을 때 좋은 반응을 얻었어. SF의 중요한 아이디어인 로켓 발사 앤솔러지 『우리의 신호가 닿지 않는 곳으로』에도 꽤 매력적인 이야기가 담겨 있어. 책에 관한 이야기를 모은 『책에 갇히다』, 놀이터에 관한 앤솔러지인 『놀이터는 24시』에서도 멋진 SF를 만날 수 있어. 그밖에도 참신한 기획이나 이야기가 재미있는 경우가 많으니까 찾아봐. 무언가에 대해 수다를 떨다 보면 그 안에서 다양한 이야기가 다시 뻗어 나가고, 시간 가는 줄 모르게 되잖아. 어디, 괜찮은 수다 대상이 있는지 SF 단편의 세계로 걸어가 볼까?

영화 면저 vs 책 면저

여전히 영화는 괜찮은 즐길 거리야. 영화가 탄생하고 100년의 세월이 지나는 동안, 영화만의 형식이 정립되었어. 기술이 발전하면서 영화와 비슷한 동영상이 등장했음에도 불구하고, 영화만이 가진 독특한 느낌과 짜임이 있지. 그리고 영화관에서만 느낄 수 있는 문화도 정립되었어. 팝콘 냄새만 맡아도 극장에 들어온 것과 비슷한 기분이 들잖아? 불이 꺼지고, 광고가 끝나고, 영화를 제작한 회사의 로고가 뜨면 어떤

어딘가 수상하고 뜻밖에 가까운 SF 사용설명서

지 두근거리며 처음 만나는 이야기를 기다리지. 물론 요즘에는 넷플릭스와 같은 다양한 플랫폼으로도 영화를 즐길 수 있어. 하지만 집콕 생활을 만든 코로나가 줄어들고 극장에 갈 수 있는 상황이 되자 사람들은 천만 관객 영화를 만들어 내며 영화에 열광하기도 했어. 영화를 제대로 즐기기 위해서는 극장이 필수라는 듯 오래전에 개봉한 영화를 다시 상영하기도 하지.

맞아. SF를 즐기는 또 하나의 방법은 영화를 보는 거야. 원작이 있는 영화라면, 영화와 소설을 비교하면 돼. 물론 영화를 먼저 보느냐, 원작 소설을 먼저 보느냐에 관한 논쟁은 언제나 핫하지. 책을 먼저 보면 영화가 재미없다는 사람들과 영화를 먼저 보면 책이 재미없다는 사람들이 불꽃 튀는 대결을 벌이기도 해. 이게 민초파인가 반민초파인가 같은 취향 차이인지 잘 모르겠지만, 어느 한 쪽을 선택하면 바꾸지 않는 경우가 많아. 책을 즐겁게 본 뒤에 영화를 보다 잠든 경험이 있는 사람들은 영화가 자기 상상력을 따라가지 못한다고 주장해. 영화를 본 뒤에 책을 보면 주인공의 행동이나 생각이 머릿속에 그려져서 더 재미 있게 책을 읽을 수 있다는 사람들도 있지.

책을 즐기기 위해서는 책을 먼저, 영화를 즐기기 위해서는 영화를 먼저 보는 쪽이 좋아. 책을 즐기는 입장에서는 영화가 오히려 독자의 상상을 방해할 수 있다고 생각해. 좋은 감독이 실력 있는 각본가와 함께 원작 소설을 멋지게 영화로 탈바꿈시키는 경우가 있지만, 언제나 성공하지는 않아. 원작의 수많은 팬이 눈에 불을 켜고 지켜보기 때문에 감독에게도 엄청난 부담이 되지. 배우가 연기를 어떻게 하느냐도 중요하기 때문에 많은 사람들의 상상 속 모습을 제대로 구현하려면 배우의 작품 이해도도 중요해.

원작 소설이 있는 영화를 몇 편 소개해 볼게. 드니 빌뇌브 감독의 〈컨택트〉는 테드 창의 『당신 인생의 이야기』 중 단편 「네 인생의 이야기」를 영화로 만든 작품이야. 소설은 아주 독특한 형태의 외계 생명체와의 만남을 다루고 있어. 그들은 우리를 공격하지 않아. 오히려 함께 연구하고 서로를 이해하고 싶어 해.

그런데 어떻게 외계 생명체와 대화할 수 있을까? 지구에서는 언어학자나 물리학자를 동원해서 그들의 언어를 배워. 책을 읽으면서 묘사된 우주선과 외계 생명체의 모습을 그려 보면 다양한 형태가 나올 거야. 그걸 영화랑 비교해 보면 정말 재미있어. 외계 생명체와 소통하는 방법을 먼저 제안해 보는 것도 좋고. 테드 창의 단편은 수가 적고, 이해하기 어려운 작품도 있지만 엄청난 충성 팬이 있을 정도로 유명해.

리들리 스콧 감독의 〈마션〉은 동명 소설이 원작인데, 그 소설을 어떻게 영화로 짧게 만들었는지 지켜보는 재미가 있어. 화성에서 임무를 수행하던 주인공 일행이 모래 폭풍 때문에 빨리 화성을 떠나는 과정에서 주인공이 혼자 화성에 남겨져. 어떻게든 그를 데려오려는 지구의 노력과 화성에서 살아남기를 시도하는 주인공의 노력이 눈물 겨워. 소설의 유머와 빠른 전개가 영화와 잘 맞아서 궁합이 좋아. 하지만 소설이 꽤 길어. 그래서 영화를 먼저 보면 책에 도전하기 어려울지도 몰라.

『듄』은 전 세계의 팬들이 영화화되기를 기다려 왔어. 현대의 수많은 SF에 영향을 준 작품이기도 해. 영화감독들의 꿈의 작품이기 때문에 몇 번의 시도를 거쳐 2021년에 영화화된 작품이 꽤 좋은 평가를 얻고 있어. 책이 워낙 방대하다 보니 어떤 요소를 얼마큼, 어떻게 영화에 녹여낼지 기대돼. 지금 영화를 보고, 다음 편을 기다리는 동안 책을 읽는 건 어때? 영화에 담지 못한 수많은 뒷이야기가 있어서 즐거울 거야.

어딘가 수상하고 뜻밖에 가까운 SF 사용설명서

SF 팬들이 인정한 찐 SF만 골라서 읽고 싶다면?

상 받은 작품은 재미없다는 편견을 잠시 내려놓자. SF 상은 재미있는 작품에 상을 주니까. 재미라는 게 심사위원들과 다를 수 있다고? 맞아. 그럴 수도 있지만, 수많은 SF 팬이 투표로 결정하는 상이라면 어때? 전 세계의 SF 팬들이 모이는 자리에서 뽑힌 작품이라면 더욱 재미있지 않을까. 이 상의 이름은 바로 휴고상이야. 휴고상은 SF 세계에서 가장 권위 있는 상으로 불리고 있어. 이 상을 받은 작품은 팬들에게 사랑받는 작품이니, 권위 있다고 해도 괜찮겠지?

휴고상의 이름은 미국의 SF 작가이자 편집자인 휴고 건즈백의 이름을 따서 정했다고 해. 건즈백은 1926년 첫 SF 전문잡지인 〈Amazing Stories〉를 펴냈고, 그 덕분에 SF라는 말도 널리 퍼지게 되었어. 그 황금시대를 그리워하는 멋진 이름의 상이지. 쟁쟁한 작품들이 경쟁하기 때문에 휴고상 후보에 오른 작품이라면 재미있는 경우가 많아. 시대를 더 올라가면 너무 많은 상을 언급해야 하니 최근의 몇 작품만 소개해볼게. 휴고상 수상작 리스트는 쉽게 찾을 수 있어.

2010년대에 상을 받은 차이나 미에빌의 『이중 도시』, 코니 윌리스의 『블랙아웃』과 『올클리어』, 조 월튼의 『타인들 속에서』, 존 스칼지의 『레드셔츠』, 앤 레키의 『사소한 정의』, 류츠신의 『삼체』, N. K. 제미신의 『다섯 번째 계절』, 『오벨리스크의 문』, 『석조 하늘』 모두 최근에 등장한 장편 SF의 스타 중의 스타야. 아쉽게 수상하지 못했지만 좋은 작품으로 닐 스티븐슨의 『세븐이브스』가 있어.

N. K. 제미신의 '부서진 대지' 시리즈는 2016년부터 2018년까지 세 번이나 연속으로 휴고상을 받았어. 지진과 화산을 다루는 SF는 많지 않아서 독특한 데다가, 저자가 새롭게 만들어낸 단어가 많아서 진입하는 데 조금 어려움이 있지만, 작품성도 뛰어나고 재미도 있어. 2021년에 상을 받은 마샤 웰스의 '머더봇 다이어리' 시리즈는 자체가 즐겁고, 앤디 위어의 『프로젝트 헤일메리』는 아쉽게 상을 받지는 못했지만 재미있는 작품이야.

　　네뷸러상은 휴고상과 함께 권위 있는 SF 문학상 중 하나로, 휴고상과는 다르게 소수의 전문가들이 투표해서 수상작을 선정해. 휴고상과 네뷸러상을 동시에 받은 작품도 있어! 리스트에서 찾아보면 정말 재미있을 거야. 팬과 전문가를 동시에 사로잡은 작품이라니! 이것부터 골라 봐야 하지 않겠어?

우리나라
SF 문학상과 작품상

최근 우리나라의 SF 세상에도 문학상이 등장했어. 국내 SF의 선구자로 불리는 문윤성 작가를 기념하는 '문윤성 SF 문학상'이 2020년에 탄생했어. 국내 한 신문사가 주최하고 SF 전문 출판사가 주관하고 온라인 서점이 후원하는데, 매년 가을에 작품을 받아 그 이듬해 1월에 수상작을 발표하는 형식이야. 영화 제작사도 이 문학상을 후원하기 시작했고, 콘텐츠 플랫폼 회사도 뛰어들면서 점점 판이 커지고 있다고나 할까? 대상으로 당선되면 상금도 받고, 책이 나올 뿐만 아니라 영상이나 웹툰으로 만들어져 판매될 수 있는 거니까.

문윤성 작가가 누군지 아니? 1965년 우리나라 최초의 SF 장편소설로 알려진 『완전사회』를 발표한 작가야. 이 작품은 추리소설 공모전에 출품되어 세상에 등장했는데, 당시에 엄청나게 충격적이었을 거야. 미래로 사람을 보냈는데, 22세기의 미래 지구에 여자들만 살아가고 있다는 내용이거든. 불투명한 지구의 미래에 대한 암울한 상상, 인류의 문화를 이어가기 위해 사람을 긴 잠에 빠지게 하는 무모한 결정, 전쟁과 무기로 결국 세상이 폐허가 되어 소수의 사람만이 살아간다는 절망이 범벅된 소설이야. 그 책임이 과학과 정치 사이의 갈등에 있고, 그런 갈등이 새로운 전쟁을 낳는다는 것에 대해 이야기하기에, 지금 읽어도 시사점이 많아. 게다가 이 작가는 꽤 철저하게 과학적인 설정과 이야기를 소설에 도입하고자 했던 걸로 유명해. 그래서 작가 이름을 단 문학상이 생긴 거겠지?

2016년부터 시작된 '한국과학문학상'도 SF 분야의 신인 문학상으로 유명해. 2020년에는 코로나19의 영향으로 취소되었지만, 탄탄한 문학상으로 점점 자리를 잡고 있어. 인기 있는 SF 작가를 탄생시킨 문학상이기도 해. 김초엽 작가는 2회에, 천선란 작가는 4회에 수상했어. 응모 자격이 SF로 공모전에서 상을 받지 않은 사람이나, SF를 출간한 지 2년 이하이어야 해. 신인을 찾아내는 공모전이기 때문에 많은 사람이 수상을 노리고 도전하고 있어. 이 문학상은 SF 전문 출판사와 영상 콘텐츠 제작사가 주최하고 있어. 우리나라 문학상이기 때문에 각 출품작이나 작가의 정서에 쉽게 공감할 수 있고, 번역에 시간이 소요되지 않기 때문에 수상작이 책으로 묶여 나오기까지 시간이 짧아. 그래서 수상 작품집이 해마다 발간되고 있어. 요즘의 새로운 작가들이 쓴 작품을 찾아 읽기에 딱 적당하다고 해야 할까? 당선작과 함께 초청작 몇 편을 더해 책을 내는 경우도 있으니 그런 작품집을 한 번 찾아봐도 되겠다.

'한낙원과학소설상'은 어린이와 청소년을 위한 SF 아동문학상이야. 한낙원 작가는 문윤성 작가보다 먼저 SF에 해당하는 작품을 발표했어. 아동 청소년을 위한 잡지를 통해 과학소설을 알리고 개척했다는 부분을 인정받은 거지. 이 공모전도 유명한데, 2014년부터 벌써 7회째 작품집이 나오고 있어.

2004년부터 2006년까지 이어진 '과학기술창작문예'는 수준 높은 SF 단편과 중편을 선정했어. 한국과학문학상이 시작되었을 때 과학기술창작문예를 이어가는 SF 공모전이라는 말을 썼을 정도로 유명했지. 김보영, 배명훈, 김창규 등의 작가가 이 공모전에 당선되었어. 지금은 사라졌지만, 팬들의 기억 속에 간직된 공모전이야.

작품을 공개 모집하는 공모전 외에도 이미 출판된 작품 중에 최고를 가리는 작품상도 있어. 영화의 경우 '칸 영화제'나 '아카데미 시상식'에 초청받아 수상할 기회를 노리잖아? 전 세계 팬들이 지켜보는 가운데 축제와도 같은 시상식이 열리지. 우리나라에도 이런 축제가 있어. 바로 'SF 어워드'야. 우리나라의 SF 휴고상이라고 해야 할까? 신인이 아닌 작가들도 상을 받을 수 있어. SF 작가의 창작 활동에 불을 붙이고 있지. 소설 부문, 웹소설 부문, 만화와 웹툰 부문, 영상 부문까지 다양한 분야를 만나볼 수 있기 때문에 'SF 중에서 뭐 괜찮은 거 없나?' 두리번거린다면 이 작품상 수상작들을 찾아보면 돼. 2022년에 중단편소설 부문 대상 수상작을 수록한 단편집『한국 SF 명예의 전당』이 출간되어 있어. 외국 작품도 우리나라 작품도 심사를 거쳐 수상한 작품이라면 꽤 믿을 만하겠지?

유명하다는 작가부터
읽어도 될까?

　유명하다는 작가의 작품부터 읽어! 왜 유명한지 살펴보면서 읽으면 돼. 너무 어려운 소설을 써서 악명을 떨치는 작가부터 읽어 나가며 자신의 한계에 도전해도 괜찮고, TV 프로그램에 나와서 재미있게 입담을 늘어놓은 작가의 책부터 읽어도 괜찮아. 고전에 해당한다면 다 이유가 있을 거야. SF계의 아버지나 어머니를 찾고 그 작가의 책으로 시작하면 어떨까? 클래식 듣기를 취미로 하는 사람들 중에는 고전으로 시작해 재미를 붙여 나가는 사람이 있고, 사진을 취미로 하는 사람들 중에도 디지털 카메라부터 시작해 필름 카메라를 사용하게 된 사람도 있어. 시작점은 어디든 좋아. 유명한 작가부터 시작해도 돼. 외국 작가로는 3대 SF 거장으로 불리는 로버트 A. 하인라인, 아서 C. 클라크, 아이작 아시모프부터 시작해 보자.

로버트 A. 하인라인의 소설은 뭐랄까 기계적이야. 공학과 기계에 관한 설명을 잘 쓰기도 하고, 뭔가 이상하게 현실적이지 않은 상상에서 출발해도 현실에와 닿도록 이야기가 잘 구조화되어 있어. 미래의 군대에 관한 묘사로 유명한 『스타십 트루퍼스』는 밀리터리 SF라는 SF의 하위 장르를 정립했다는 말을 들을 정도의 고전이 되었어. 지금 읽어도 너무나 재미있는 작품이야. 하인라인에게 영향을 받은 존 스칼지와 같은 작가의 작품이 밀리터리 SF로 마치 하인라인의 소설과이어지는 느낌이 들 정도야. 요즘 영화나 게임에 등장하는 군인이 입는 강화복 설정이 처음으로 등장한 작품이기도 해. 스타크래프트, 건담 시리즈, 에일리언 시리즈, 헤일로 등 게임, 애니메이션, 영화 모두 하인라인의 영향을 받았고, 그는 존경받고 있어. 『달은 무자비한 밤의 여왕』은 정치에 관심 있는 사람들이 읽으면 좋고, 언제나 환영하는 고양이가 등장하는 『여름으로 가는 문』도 팬들의 사랑을 받고 있어. 『우주복 있음, 출장 가능』과 같은 소설은 즐거운 성장소설로 읽을 수 있고 말이야. 검색해 보자, 하인라인!

아서 C. 클라크는 SF 소설의 거장으로 많은 양의 중편과 단편을 발표했어. 이 사람이 대단한 건 과학적 상상력을 이용해 미래에 관해 여러 가지 예측을 했다는 점이야. 어쩌면 미래학자로 부를 수 있을지도 몰라. 그는 지금 사용하고 있는 정지궤도 위성의 아이디어를 만들었고, 그의 이름을 딴 위성도 존재해. 클라크의 법칙 중 3법칙인 "충분히 발달한 과학 기술은 마법과 구별할 수 없다."는 과학기술의 발달에 관한 이야기를 할 때 빠지지 않아. 잘 알려지지 않았지만 2법칙이 정말 멋져. "어떤 일의 가능성의 한계를 알아낼 수 있는 유일한 방법은, 바로 불가능의 영역에 아주 살짝 도전해 보는 것뿐이다."라고 했거든. 직접 하고, 도전해 보고, 불가능 안에서 다시 가능성을 찾아야 한다는 뜻이야. 『라마와의 랑데부』는 외계 문명과 만나는 인류를 현실감 있게 그려내고, 『유년기의 끝』은 새로운 인류로 도약하는 문명 자체의 발전을 다루고 있어. 『2001 스페이스 오디세이』는 누구나 몇 번쯤 들어봤을 유명한 작품이야. 영화와 소설이 동시에 만들어졌기 때문에 비교하며 읽는 재미가 있어. 클라크의 단편만 묶은 소설집도 있으니 찾아보자.

아이작 아시모프는 SF 작가이면서도 화학 박사와 생화학 교수로 활동했어. 관심 분야도 다양해서 화학과 생물학을 비롯해 심리학과 유머까지 다양한 분야의 책을 썼어. 아시모프는 기나긴 장편을 쓰는 사람으로도 알려져 있어. 로봇 시리즈, 은하제국 시리즈, 파운데이션 시리즈는 커다랗게 연결된 세계를 완성하도록 구성되어 있어. 심지어 세 시리즈가 연결되기 때문에 각 작품에서 '트랜터'가 등장하는 부분을 찾아내는 재미가 있어. 한 사람의 작품 세계 안에서 그 축을 관통하는 배경과 인물이 나온다니, 디테일이 대단하지. 파운데이션 시리즈는 오랜 기간을 다루는 소설인데, 몇 세기를 지나는 동안 사람들이 어떻게 생활하고, 거대한 역사가 한 개인에게 어떤 영향을 미치고, 다시 개인의 이야기가 역사에 어떻게 녹아내리는지 천천히 알게 만드는 매력이 있어. 역사 덕후를 위한 책이기도 하지.

세 작가 중 어느 작가의 작품을 하나만 읽어 봐도 왜 그 작가가 SF 3대 거장에 드는지 알 수 있을 거야. 하지만 세 작가는 모두 매력 포인트가 달라서, 서로의 취향을 비교해서 볼 수 있을 거야. 뒤를 이은 작가들의 이야기를 읽어 보면, 어떤 작가를 좋아하느냐에 따라 그 분위기가 달라. 이는 비교하며 고르는 기준이 되기도 해. 그 당시에도 요즘에도 많은 사람에게 영감을 주는 작품들, 어때? 유명하다는 작가부터 읽어도 되겠지?

나만 알고 싶은 작가

비밀로 간직하는 작가가 있어. 아무에게도 알려 주고 싶지 않아서 혼자만 보고 싶은 작가가 있잖아? 덕질할 때도 마찬가지인 거 알아. 처음부터 계속 팬이었다고 밝히고 싶은 작가. 사실 읽다 보면 그런 작가가 꽤 많아서, 소중히 리스트를 만들어 두기도 해. 어떤 작가의 작품이 마음에 든다면 그 작가의 작품을 차례로 읽어 보고, '나만 알고 싶은 작가' 목록에 살며시 올려놓는 거지. 인터넷 서점에서 '작가 신간 알림'

을 신청해 두고 작가의 책이 나올 때마다 제일 먼저 볼 수 있도록 설렘을 미리 걸어 두는 거야. 어떤 작품은 번역된 책 1권을 읽고 나서 다음 내용이 너무 궁금해서 2권 번역서가 나오기 전에 영어로 된 전자책을 구입해서 보기도 했어. '사람이 이래서 영어를 배우는구나!' 하는 생각이 들 정도였다니까.

사랑하는 작가를 만나게 될 때마다 리스트가 업데이트 되고, 점점 자기만의 취향이 생기면서 좋아하는 이야기를 선택하는 안목이 생겨. 자기도 모르게 이전에 읽은 작품과 지금 읽고 있는 작품을 비교하게 되고, 한 번 더 읽어 보기도 하고, 평가를 새롭게 바꾸기도 하고 말이야. 영화를 많이 보는 영화 평론가들도 관람 횟수가 늘어날 때마다 자기만의 별점 기준을 새롭게 바꾸기도 하고, 시간이 지나면서 늘어난 안목으로 더 좋은 작품을 찾아내기도 한다고 해. 한 분야를 차근차근 들여다보며 성장하는 게 전문가가 되는 과정이 아닐까?

이 작가도 좋고, 저 작가도 좋다고? 그러면 이런

리스트를 만들어도 괜찮아. 우주를 잘 표현하는 작가, 외계 생명체를 잘 다루는 작가, 여성 SF 작가, 장편을 잘 쓰는 작가, 단편을 잘 쓰는 작가, 대사가 재미있는 작가와 같이 특정한 분야의 작가를 모아 보는 거야. 그래, 비슷하게 좋아하는 두 작가를 대결 구도에 놓고 분석하는 방법도 있겠네. 서로 다른 스타일의 글을 쓰지만 비교해 볼 만한 부분을 찾아서 '나만의 빅 매치'를 만드는 거지. '내가 만드는 올해의 SF 작가상'을 해마다 선정하고 나의 취향이나 안목이 어떻게 변하는지 비교해 보는 방법도 있어. 거창한 목표를 설정하지 않더라도 기록을 남긴다면 돌아보는 데 도움이 될 거야.

여성 SF 작가 리스트 만들기 예시

제임스 팁트리 주니어	코니 윌리스
- 미국 작가	- 미국 작가
- 아프리카와 인도에서 어린 시절을 보냄	- 교사로 일한 경력이 있음
- 여성 작가라는 편견을 피하기 위한 필명	- 휴고상과 네뷸러상 많이 받은 작가
- 제임스 팁트리 주니어상	- 70세가 넘었지만 계속 작품 활동
- 『체체파리의 비법』 네뷸러상	- '옥스퍼드 시간 여행 시리즈'는 최고!
- 『체체파리의 비법』 중에서 「접속된 소녀」	- 『올클리어』에서 콜린을 찾아라!

옥타비아 버틀러	어슐러 K. 르 귄
- 미국 작가 - 『블러드 차일드』로 휴고상, 네뷸러상, 로커스상 수상 - 마지막 소설 『쇼리』 뱀파이어 이야기 최고 - 미국 화성탐사선의 착륙 지점 이름 - 할란 엘리슨과 연결됨 - N. K. 제미신과 비교해서 표 만들기!	- 미국 작가 - 판타지에 가깝지만 개성 있는 멋진 이야기 - 『바람의 열두 방향』에 등장하는 「오멜라스를 떠나는 사람들」 필사 완료 - 『세상을 가리키는 말은 숲』은 아바타와 같이 보면 좋을 듯!

우리나라 외 아시아의 SF 작가 리스트 만들기 예시

이토 케이카쿠	류츠신
- 일본 작가 - 『학살기관』 때문에 알게 된 작가 - 게임 〈메탈기어 솔리드 4〉의 이야기 담당 - 『세기말 하모니』가 사후 출간됨 - 충격적이면서 매력적인 이야기의 작가 - 폐암으로 사망	- 중국 작가 - 『삼체』로 휴고상 - 역사 덕후라면 『삼체』를 정중히 추천할 것 - 영화로 만들어진 단편소설 「유랑지구」는 소설과 영화를 함께 봐도 재미있는 작품 - 『삼체』가 넷플릭스 드라마로! 2023년 공개

느낌이 완전 다른 작가 비교 리스트 예시

앤디 위어	테드 창
- 미국 작가 - 장편을 주로 씀 - 계속 유머를 던지는데 웃는 사람만 웃는 작가 - 단편도 쓰고 온라인에서 활동하다 뜬 작가 - 『마션』 영화화 됨 - 기다려 『프로젝트 헤일메리』	- 미국 작가 - 단편을 주로 씀 - 아주아주 오랜만에 책을 내는 작가 - 과학적 정합성을 중시한다고 알려짐 - 『당신 인생의 이야기』 최고의 SF 단편집 - 「네 인생의 이야기」는 〈컨택트〉로 영화화 됨

까칠한 매력의 하드 SF

BTS의 RM의 책장에서 발견되어 사람들의 관심을 끌었던 소설이 있어. RM의 책장은 공개될 때마다 화제가 되는데, 미술사와 역사를 비롯해 다양한 분야의 책을 읽는 모습이나 휘어진 책장 때문이기도 할 거야. 『카라마조프가의 형제들』이 등장한 사진도 있고, 인문학 책을 읽고 있다고 소개한 적도 있어. 바쁜 활동 중에도 책을 멀리하지 않는 모습이 감탄을 자아내기도 해. 그의 책장에 등장한 SF는 테드 창의 『당신

인생의 이야기』야. 테드 창은 엄청난 짜임새의 단편을 쓰는 걸로 유명해. 많은 소설을 쓰지 않기 때문에 그의 소설이 많지 않지만, 그의 소설은 언제나 추천작에 들어가 있어.

테드 창은 그렉 이건과 함께 '하드 SF'의 양대 산맥으로 불리기도 하는데, 신기한 건 그 어렵다는 하드 SF 범주에 들어가는 그의 소설이 언제나 SF 입문자를 위한 추천작에 들어간다는 거야. 어려운데, 읽어볼 가치가 있다는 거겠지? 어떤 면에서는 판타지 소설 같은 느낌도 있고, 이야기가 짧아서 읽기 쉽다는 느낌도 있어. 두 가지 느낌이 편하게 다가오면서 처음 SF를 만나는 사람들에게 호감을 주는 것 같아. 하지만, 결코 쉽지 않은 이야기라, 읽으면서도 읽고 나서도 한참 동안을 생각하게 만들어.

과학적으로 엄밀하고 논리적인 소설을 읽어 나가는 건 새로운 경험이야. 쉽지 않지만 매력적인 경험이 될 수 있어. 테드 창은 SF와 판타지를 어떻게 구별할 수 있느냐는 물음에 대해 판타지와 다르게 논리로 설명이 가능한 우주를 기반으로 쓰는 것이 SF라고 말했어. 반면에 판타지는 우주의 일부를 영원히 이해할 수 없고, 단순히 신비한 존재로 우주를 느끼는 이야기라고 했어. 그러니까 우주를 이해하고 인류 사회를 이해하는 과학적 사고방식과 관점으로 쓰인 이야기가 바로 SF라는 거야. 특히 하드 SF는 그런 논리적 구조를 제대로 따라가지. 그래서 과학이 이야기에 어떤 영향을 미치는지 알고 싶다면 하드 SF를 꼭 읽어 봐야 해.

단순히 이야기의 소재로 우주와 로봇을 등장시키는 것이 SF가 아니라는 거지. 이야기의 논리적 구조마저 과학적이어야 한다는 원칙을 지킨다면 어떤 이야기가 만들어질까? 이를 알고 싶다면 하드 SF를 읽어 보면 될 거야. 외계 생명체가 등장하고, 머나먼 은하에서 한참이나 뒤에 살아가고 있다고 해도, 단순한 마법이 아닌 논리로 세상을 해석하는 건 과학이라는 거야. 그러니까 우리는 과학적 생각의 구조를 배워가는 데 SF를 활용할 수 있을지도 몰라.

과학을 충전해 보자

SF를 읽다 보면 '아, 과학이 부족해.'라는 느낌이 들 때가 있어. 당이 부족할 때 초콜릿이 당기고, 스트레스 받으면 마라탕을 충전해야 하는 것처럼, 이럴 때 과학을 충전하면 좋아. 과학 책은 유아를 위한 수준부터 대학원생을 위한 수준까지, 같은 내용이 엄청나게 다양한 수준으로 만들어져. 그중 자신에게 맞는 이야기를 찾아내는 게 정말 중요해. 자기가 좋아하는 재료를 담아 맛있게 매운 마라탕을 만들어 달라고 바구니를 넘겼는데, 내가 고른 재료도 아니고, 내가 선택한 매운맛이 아니라면 얼마나 당황스럽겠어? 그걸 피하려면 다양한 수준을 적절하게 조절한 괜찮은 과학책을 소개 받아야 해.

칼 세이건의 『코스모스』 때문에 과학자가 되기로 했다는 사람들이 정말 많아. 그래서 어떤 책인지 읽어 보려는 사람도 많고. 하지만 막상 책을 읽기 시작하면 '이거 잘 시작한 게 맞나?' 싶어서 놀랄 수밖에 없었다는 경험담이 들려와. 어디선가 한 번쯤 들어본 이야기지만 과학에 관심을 두지 않았다면 생소할 이야기를 두꺼운 책 속에서 꾸준히 읽어 내기는 어렵지. 고전에 해당한다고 모두에게 좋은 책일 수 없어. 생물에 관심이 있다고 다윈의 『종의 기원』을 읽기 시작하면 재미보다는 지루함 때문에 기절할지도 몰라.

요즘에 과학 커뮤니케이터가 늘어나고 과학 대중서가 많아졌는데, 이들이 최신 과학을 이해하기 쉽게 설명해 주고 있어. 과학 커뮤니케이터는 과학을 조금 더 쉽게 알려 주는 사람이라고 보면 돼. 요즘 과학은 사회나 문화와 긴밀하게 연결되어 있고, 과학적 해석이나 기본적인 과학 지식을 통해 여러 분야가 함께 발전하고 있기 때문에 과학을 이해하는 게 기본적인 소양이 되고 있어. 그렇다고 모두가 과학자의 태도와 수준에 도달하거나 그들을 뛰어넘을 수는 없잖아? 그래서 과학을 쉽게 통역해 주는 사람들이 나타나기 시작했고, 이러한 과학 커뮤니케이터는 직업이 되고 있어.

과학 커뮤니케이션을 통해 좋은 만듦새의 과학 다큐멘터리나 콘텐츠가 만들어지고 전달되어서, 우리는 최신 과학 소식을 받을 수 있게 되었어. 유튜브 채널 〈안될과학〉은 15분 내외의 짧은 영상인 '긴급과학', 과학자들과 함께 최신 과학을 소개하는 '랩미팅' 등의 콘텐츠를 만들고 있어. 이 채널의 궤도가 쓴 『궤도의 과학 허세』와 『과학이 필요한 시간』은 과학 문해력을 높이기 위한 괜찮은 선택이야. 이 채널뿐만 아니라 〈과학쿠키〉, 〈1분 과학〉 등 재미있는 과학 커뮤니케이션 채널을 찾아보고 책도 한번 찾아보자!

어느 정도 과학 지식에 관심을 두기 시작했다면

『다정한 물리학』과 같은 물리학의 기본 책을 읽어 보는 것도 좋겠어. 이 책은 외국의 과학 커뮤니케이터에 해당하는 실제 입자물리학자가 썼어. "아무것도 없는 상태에서 사과파이를 만들려면 먼저 우주를 만들어야 한다."라는 칼 세이건의 말에 따라 정말 아무것도 없는 상태에서 물질이 어떻게 만들어졌는지, 차근차근 찾아가는 내용인데, 그 과정이 마치 요리책 같기도 하고, 여행책 같기도 해서 정말 재미있어.

독서 모임에서 함께 읽기

독서 모임의 핵심은 '듣는' 겁니다. 독서 모임에서는 내가 읽은 느낌을 이야기하자마자 다른 사람이 읽은 느낌을 들어야 합니다. 저렇게도 읽을 수 있구나 하는 놀라운 독후감만이 아니라 어떻게 저런 식으로 읽을 수 있지 싶은 황당한 소감마저 들어야 하지요. 함께 읽는다는 건 그 무수한 독법을 경험하는 것이며 모든 다름에 내 귀를 열어 두는 것입니다. 그것이 여럿이 함께 읽는 이유입니다.

『책 먹는 법』에는 읽기 시작하는 법, 질문하며 읽는 법, 어려운 책 읽는 법 등 책 읽는 방법이 다양하게 등장해. 여럿이 함께 책을 읽는 방법은 이 책에서 꼭 읽어 봐야 하는 부분이야. 독서는 혼자하기 좋은 일인데 왜 같이 읽어야 하냐고? 작가의 대답은 '다름을 공유하기 위해서'야. SF도 다른 책과 마찬가지야. 책을 읽는 과정에서 자꾸만 자기 생각이 들어가게 되거든. 자기 생각이나 상투적인 시선에 기대어 책을 읽다 보면 어떻게 되냐고? 다른 사람들의 이야기를 듣지 않고 자기 말만 하는 '젊꼰'이 되는 거지. 십대에 무슨 젊꼰이냐고 생각하겠지만, 친구들 중에도 자기 아는 거 있다고 자꾸 가르치려 들거나 지식 자랑만 늘어놓는 애들이 있잖아? 혼자 공부하거나 혼자 책을 읽으면 자신의 생각이 모든 것에 통한다는 생각으로 똘똘 뭉치게 될 우려가 있어. 자기중심적이며 자기만의 좁은 생각에 집착해 다른 사람의 의견이나 입장을 고려하지 않는 소름끼치는 모습을 바로 '아집'이라고 해. 아집이 생기는 걸 막으려면 다양한 의견을 듣고 자기의 영역을 확장해야 하는데, 그럴 때 책을 매개로 만나는 것이 좋아.

특히 우리나라 사람들은 토론을 잘 못해. 학교에서도 사회에서도 자기주장을 펴는 훈련을 경험하지 못해서 그렇기도 하고, 토론다운 토론이 아니라 시청자나 유권자에게 보여 주기 위한 TV 토론을 너무 많이 봐서 그럴 수도 있어. 자기가 이만큼 알고 있다는 걸 보여 주거나, 상대방을 깎아내리는 것이 토론이라고 생각하고, 찬성인가 반대인가를 정해 단순히 이기기 위해 싸우는 수준의 토론이 이루어지는 거야. 토론을 통해 생각을 바꾸거나 상대방의 의견에 동의하는 것이 지는 것이라 생각하고 끝까지 자기의 아집을 보여 주는 것만이 토론에서 이기는 거라고 여기기도 하고.

『나는 당신의 말할 권리를 지지한다』라는 책에는 일상생활에서 이루어지는 토론의 방식을 소개하는 일화가 나와. 짜장면을 먹을 것인지 짬뽕을 먹을 것인지 결정하는 토론인데, 꼭 읽어 보면 좋겠어. 요즘 민초파와 반민초파, 부먹과 찍먹 등 절대로 바뀌지 않는 취향의 영역을 나누는 경우가 많은데, 이 책을 읽으면 뭔가 다른 생각이 들게 될 거야. 토론이 근거를 들어 말하고 서로의 의견에 따라 자신의 입장을 바꾸기도 하면서 생각을 나누는 장이라는 걸 느낄 수 있을 거야.

SF를 함께 읽는 것도 마찬가지야. 먼저 소설의 주인공이 나와 다른 생각을 가질 수도 있고, 그 생각을 따라가 보는 것이 좋은 경험이 돼. 나와 다른 생각을 가진 사람들이 어떻게 주인공과 배경을 이해하는가를 들어보는 것이 두 번째 경험이야. 첫 번째 경험도 두 번째 경험도 모두 자기 안에서 만들어지지만, 두 번째 경험을 위해서는 다른 사람이 꼭 필요해. 다른 사람의 서평을 읽는 것과는 다르게 실제 이야기를 나눠 보면 그 생각의 과정과 마음을 더 잘 이해할 수 있어.

어딘가 수상하고 뜻밖에 가까운 SF 사용설명서

정보가 가득 담긴 과학 책을 읽을 때에도 사람들은 서로 다른 방식으로 이해해. 각자 배경 지식이 다르고, 이해의 폭이나 깊이가 평소 생각하는 방향이나 관심을 두는 소재에 따라서도 달라지거든. 그래서 과학 책을 모여서 함께 읽고, 서로 읽은 부분에 관해 이야기 나누는 모임을 주최하는 공간도 있어. 과학 책도 그러한데, 소설이라면 더더욱 서로 이해하고 주목한 부분이 다를 거야. SF만 함께 읽는 모임도 괜찮고, 다른 책을 읽는 독서 모임에서도 SF 특집을 만들어 함께할 수 있을 거야. 나이, 사는 곳, 관심사가 다른 사람들이 함께 모이면 정말 폭넓은 읽기를 할 수 있어. 하지만 독서 모임 참여가 부담된다면 좋은 친구와 함께 읽어도 괜찮아! 분명히 서로 잘 아는 친구라고 생각했는데, '뭐야, 같은 SF를 읽은 게 맞아?' 하며 놀라운 경험을 하게 될 수도 있어.

인공지능의 목소리로
SF를 들어보자

스마트 기기가 많이 보급되고 다양한 서비스가 시작되면서 전자책을 이용하는 사람이 많이 생겼어. SF와 같은 소설도 전자책으로 즐기는 방법이 있어. 인터넷 서점에서 전자책을 대여해 주기도 하고, 전자책과 오디오북을 판매하는 경우도 있어. 가족이 주로 사용하는 인터넷 서점을 활용해도 괜찮고, 독서 플랫폼을 찾아봐도 좋아. 전자책은 전용 단말기를 써서 보거나 스마트폰, 태블릿을 이용해 볼 수 있어. 전자책

어딘가 수상하고 뜻밖에 가까운 SF 사용설명서

은 ePub 형식으로 제작된 책이 많아. PDF로 만들 수도 있지만, 문서를 스캔하는 형식의 PDF는 문서 크기가 맞춰져 있어서 화면에 따라 글자 크기를 바꿀 수가 없어. 반면에 ePub 형식은 보는 기기에 따라 글씨 크기를 조절하는 게 가능해.

전자책 단말기를 활용하면 스마트폰과 태블릿 사용 시간을 조금 줄일 수 있어. 스마트폰을 하루 종일 들여다보거나, 태블릿으로 영상을 보면서 시간을 보내다 하루가 다 가서 후회한 적이 있잖아? 스마트폰을 충전기에 꽂아 두고 전자책 단말기로 책을 보면 눈도 편하고 꽤 집중하는 시간이 늘어나. 전자책 단말기 안에 수많은 책이 들어가기 때문에 여행을 가거나 이동이 잦아도 읽고 싶은 책을 여러 권 담고 읽는 것이 가능해. 책이 많아져서 집이 좁아지는 현상을 부모님이 좋아하실지 잘 모르겠지만, 책을 읽는 모습은 아마 좋아하시지 않을까? 눈이 나빠져서 책을 읽기 어렵다고 하는 가족이 있다면 전자책 단말기의 글자를 확대해서 보여 줄 수도 있어!

ePub 형식의 다른 장점은 TTS(Text To Speech)가 가능하다는 거야. 글자를 입력하면 목소리로 읽어 주는 것 말이야. 영상을 제작할 때에도 많이 사용되는 기능을 활용하면 책을 들을 수 있어. 어딘가로 이동할 때에도 라디오처럼 책을 들을 수 있고, 읽기 어려운 책을 처음 시작할 때도 좋아. 책을 처음 시작할 때 50페이지 정도까지 책을 들으면, 전체적인 상황의 윤곽이 잡히고 책으로 들어가는 입구를 열 수 있어. 전문적인 성우가 읽어 주는 오디오북과는 다르게 다소 기계적으로 들리기도 하지만, 기술이 발전함에 따라 점점 자연스러워지고 있어.

TTS는 문자로 정보를 전달하기 어려운 상황에서 사용자의 접근성 향상을 위해 개발되었다고 해. 지금 우리가 스마트폰 앱을 켜고 아이디어를 녹음하면 텍스트로 변환되는 기술도 TTS와 연결된 기술이라고 할 수 있어. 스마트폰의 받아쓰기 기능이 개발되어 사용되고 있고, 어플을 이용하는 방법은 정말 다양하지. 가장 많이 쓰이는 카카오톡에서도 음성 모드를 사용할 수 있고, 네이버의 클로바도 여러 가지 목소리를 만들어 서비스하고 있어.

　이런 기능을 통해 책을 읽을 수 있다니, 뭔가 SF와 어울리지 않아? 다소 기계적인 목소리도 어울리고 말이야. 가끔 전자책을 읽어 주는 TTS의 인공지능은 『2001 스페이스 오디세이』의 영화판에 등장하는 HAL9000의 목소리를 떠올리게 해. 이 인공지능 컴퓨터는 '할'이라고 불리며 사람과 대화하고 체스도 둘 수 있어. 뭔가 이상하게 무미건조한 대사를 영어로 하는데 꺼져 가는 상황에서도 그 목소리를 유지해서 더 무서워. SF를 들으면서 HAL9000을 상상해 보는 건 어때?

SF 작가들의
마이너한 이야기

SF를 읽다 보면 이런 걸 쓰는 작가들은 대체 어떤 사람들인지 궁금해지기도 할 거야. 어디에서 이런 아이디어를 얻을까? 어떻게 취재를 할까? 직업적인 질문부터 어떤 집에서 뭘 먹고 사는지, 평소에도 외계인과 만날 것처럼 사는 건 아닌지, 집에 들어가면 인간의 가죽을 벗고 외계인 모습으로 있는 건 아닐까 너무 궁금해질 때가 있지. 그게 아이돌 그룹이어도, 멋진 그림을 그리는 사람이어도, 좋은 음악을 연주하는

어딘가 수상하고 뜻밖에 가까운 SF 사용설명서

사람이어도, 작가여도 마찬가지야. 하나의 세계를 만들어 내는 사람들은 동경의 대상이 되니까. 그게 바로 덕질을 이어가는 원동력이고 말이야. 나의 최애가 어디에서 뭘 먹고, 뭘 듣고, 뭘 하는지 궁금해하는 바로 그 심정!

그럴 땐 SF를 읽는 게 아니라, SF 작가들의 에세이를 읽으면 돼. 물론 이런 글을 읽는다고 해서 모든 걸 알 수는 없어. 뭔가 SF를 잘 쓰는 비법을 알려주는 책도 아니야. 하지만 에세이를 통해서 작가들의 삶을 알아볼 수는 있을 거야. 어떤 생각으로 SF를 쓰게 되었는지, 평소에는 무엇을 주목해서 보는지, 어떤 사람들을 만나는지 등 작가들의 소소한 일상을 만날 수 있어. 배명훈 작가가 쓴 『SF 작가입니다』에는 SF를 좋아하는 사람이라면 흥미로워할 법한 내용이 가득해. SF와 판타지의 차이나 SF에 관한 오해와 편견, 어쩌다 SF 작가가 되었는가 하는 얘기 말이야. 그도 그럴 것이 배명훈 작가는 국제정치학을 전공했는데, 이건 SF와는 전혀 관계가 없을 것 같거든. SF가 어떻게 현실을 담아내는가에 대해 쓴 부분도 진지하면서 재미있어.

　　외국 작가의 글로는 마거릿 애트우드가 쓴 『나는 왜 SF를 쓰는가』가 있어. 처음 들어가면서부터 복잡하게 어슐러 K. 르 귄이 자신의 책에 관해 쓴 서평 이야기가 나오는데, 배명훈 작가의 글과 비슷하게 자신이 생각하는 SF에 대해 자세히 이야기해 주는 글이야. 마거릿 애트우드는 SF 작가 중에 노벨상에 가장 가깝다고 알려진 작가라서, 매번 노벨 문학상 수상자가 발표되기 전에 '유력한 후보'로 거론되고 있어. 그런 작가가 쓴 글이 SF인가 아닌가, 작가는 대체 어떻게 생각하고 SF 작품을 쓰는가 등 SF와 글쓰기에 관한 작가의 대담하면서도 담담한 이야기가 펼쳐져. 대담하면서도 담담한 게 뭐냐고? 애트우드의 글쓰기가 그런 느낌이라고 말할 수밖에. 그게 에세이의 매력이기도 하고 말이야. 사소한 것에서 시작하고 사소하게 끝나는데 그 안에 작가의 생각과 품성이 드러나는 글. 작품 속에서 작가를 느끼기는 어렵지만, 작가가 쓴 다른 글에서는 작가의 모습을 볼 수 있어서 좋아. SF의 주인공이나 화자로 말할 때에는 과학에 관해 확신하고, 당당하게 때로 외롭게 미래를 바꿔 가려는 의지가 보이는 말들을 해. 하지만 작가로 서면 현실에서 망설이고 고민하는 말들을 하지. 그런 주인공을 벗어던진 작가의 모습을 만날 때, 작가와 더 깊은 속마음을 나눈 듯한 느낌이 들지. 그러니까 다른 매력을 가진 글을 읽고 싶은데, 그 안에서 SF를 느껴 보고 싶을 때, SF 작가의 에세이를 찾아보자.

직접 써보자!

직접 쓰는 건 어때? SF를 좀 읽다 보면 새로운 아이디어가 떠오르거나 '이거 써볼까?' 하는 생각이 들지도 몰라. 유튜브 알고리즘을 떠돌다 새로운 과학 현상을 설명하는 이야기를 듣고 아이디어가 떠오를 수도 있고, 우연히 밤하늘을 올려다보았더니 떠 있는 별이나 행성으로 떠나는 이야기가 생각날 수도 있어. 우리와 비슷한 주인공을 설정하거나, 완전히 자신과 다른 인물을 만들 수도 있지. 어떤 배경과 주인공

어딘가 수상하고 뜻밖에 가까운 SF 사용설명서

이 좋을지 차근차근 설정해 보는 거야. 현실에 기반을 두고 상상의 나래를 펼치기 좋은 무대잖아?

직접 소설을 쓰는 건 소설을 읽어 내고 감상하는 가장 높은 수준의 눈을 갖게 해줘. 작가의 시점에서 자신의 이야기를 쓰다 보면, 다른 작품을 읽을 때 작가의 높이에서도 읽을 수 있게 될 거야. 음식을 먹기만 할 때는 잘 모르지만, 요리를 해보면 뭘 넣어서 어떻게 만들었는지 생각해 보게 되는 것처럼 말이야. 같은 재료를 쓴 것 같은데 다른 사람이 만들어 준 요리와 내가 만든 요리의 맛이 다르다면, 어떤 방법이 다른 건지 곰곰 따져 보게 되잖아? '손맛'이라는 게 글에도 있어서 비슷한 배경에 같은 나이의 주인공이 나와도 쓰는 사람마다 다른 이야기가 펼쳐지도록 만들 수 있어.

좋아하는 소설을 선택해서 같은 배경에 성격이나 성별이 다른 주인공을 등장시키는 방법으로 새로운 글을 써보는 것도 좋아. 거꾸로 같은 주인공을 완전히 다른 위치에 놓는 방법도 있겠지? 어떤 책을 중심으로 확장된 세계관을 만드는 방법도 있어. 스타워즈의 경우 스카이워커를 가운데 두고 시리즈를 감상하는 방법이 있고, 확장된 세계관인 만달로리안 시리즈부터 시작해 영화를 감상하는 방법이 있는 것처럼 한 이야기의 바깥에 있는 다른 이야기에 주목하면 더 넓은 세계를 만들 수 있어. 주인공의 친구가 나중에 어떻게 되었을지 주목해도 괜찮고, 시간이 많이 흐른 뒤에 주인공의 자녀들이 바라보는 주인공을 내세워도 괜찮겠네.

물론 아예 처음부터 시작해도 괜찮아. 세계관을 만드는 것 말이야. 그런 아이디어는 과학 뉴스나 과학 커뮤니케이터의 이야기를 자세히 들여다보면서 시작될 수 있어. 요즘 어떤 과학기술이 사람들의 주목을 끄는지, 앞으로 어떤 분야에 관심을 둘 것인지 지켜보다 보면 새로운 이야기의 시작점을 찾을 수 있겠지. 제임스 웹 우주 망원경이 보여 주는 우주, 대화형 인공지능에게 물어보는 미래 사회의 모습, 팬데믹이 끝나고 돌아가는 일상의 모습 속에서 소설의 소재가 되는 무언가를 발견할 수 있을지 몰라. 언젠가 친구들과 함께 읽을 수 있는 SF를 쓸 수 있다면 꽤 재미있지 않을까? 그 소설이 게임의 배경이 될 수도 있고, 어쩌면 영화로 만들어질지도 모르잖아. 그러면 다른 사람들이 우리의 소설을 발판으로 새로운 소설을 쓰게 될 수도 있고. 이야기가 작은 점에서 시작해 점점 자라나 우리 세상을 덮어 버리게 될지도 몰라. 그 증식 과정을 같이 기대해 보자고!

3

생활밀착형
SF 큐레이션

인간 체중의 65%는 산소, 18%는 탄소, 10%는 수소, 3%는 질소로 되어 있다는 사실, 알고 있어? 대부분은 비슷한 네 가지 원소로 되어 있고, 별반 다르지 않은 일상을 살고 있는데, 우리는 왜 이렇게 다를까? 하루하루 일어나는 일을 느끼는 방식이 다르고, 억울함을 느끼는 모습도 다르고, 누군가를 사랑하고 미워하는 마음도 달라. 도플갱어가 흥미로운 소재가 되는 이유는 상상하기 어려운 드문 현상 또는 상상이기 때문이 아닐까? 저마다 살아가는 방식과 생각하는 모양이 모두 달라. 세상에 이렇게 많은 SF가 있는데, 우리의 선택은 어디에서 겹치고 어느 지점에서 서로 다른 방향을 향하게 될까? 우리를 둘러싼 복잡한 연결망 한가운데 어디에 있든 상관없이, 우리는 아마 만나게 될 거야. 각자의 세상에서 집어 든 책을 통해 하나의 세계에서 만나는 이상하고 멋진 경험을 위해, 이 책들을 골랐어.

하루하루가 똑같을 때

『별을 위한 시간』

시간은 정말 이상해. 똑같은 척하면서 다르게 흐르는 것 같지 않아? 시계가 존재하고, 시간을 맞출 수 있다면 누구에게나 똑같이 흐르는 시간이 있을 것 같은데 말이야. 감각하는 시간은 서로 다르지. 학교에 있을 땐 시간이 천천히 흐르고, 유튜브를 볼 땐 시간이 순삭 되잖아? 재밌는 책을 읽을 땐 빨리 가고, 재미없으면 1분이 1시간 같고 말이야. 내가 지겹도록 긴 시간을 보낼 동안 누군가는 빠르게 흐르는 시간을 살고 있다고 생각하면 어쩐지 억울하기도 해. 시간이란 걸 아껴 쓰거나, 나누어 쓰거나, 모아 쓸 수 없는데 우린 시간을 잘 쓰라는 말을 정말 많이 듣고 살지. 지금 당장 시간에 관한 명언을 찾아보라니까. 시간은 금이고, 돈이고, 누구에게나 공평하게 주어진 자본금이라는 말도 있어. 시간 관리를 잘하고, 계획을 세우고 실천하는 사람이 성공한다는 압박이 넘쳐나지. 시간을 잘 사용하지 못하는 사람은 마치 무능력한 사람인 것 같고, 그냥 흘려보낼 시간 따위는 단 1분, 1초도 존재하지 않는 것처럼 말이야.

이 책은 하루하루가 똑같고 지겨운 널 위한 거야. 책에는 텔레파시가 통하는 쌍둥이가 등장해. 모든 쌍둥이끼리 텔레파시가 통하는 건 아니야. 나도 쌍둥이가 아니라 잘 모르지만, 쌍둥이들에게 물어보면 그래. (설마 쌍둥이들이 다들 텔레파시를 숨기고 사는 건 아니겠지?) 어쨌든 그 쌍둥이는 아이가 많은 집에 세금을 부과하는 시대에 살아. SF라는 게 다 그래. '지금은 저출산 시대라며 아이 낳기를 장려하지만, 미래에는 혹

『별을 위한 시간』

로버트 A. 하인라인 지음

최세진 옮김 | 아작

시 알아? 아이가 너무 많아서 아이를 낳을 때마다 천문학적인 돈이 들지도 몰라.' 하며 지금과는 다른 세계를 상상하는 거지. 이 쌍둥이는 돈이 필요해. 하고 싶은 것도 있고, 가족과 미래를 위해서 말이야. 그래서 텔레파시 실험도, 우주로 가는 계획에도 참여하는 거야. 이 시대의 지구는 좁아. 사람이 너무 많거든. 그래서 지구보다 좋은 환경을 찾아 나서는 거야. 하지만 지구에서 멀어지면 멀어질수록 통신이 힘들어져. 시간차가 발생하는 거지. 지금은 기술이 좋아서 미국에 있는 이모랑 스카이프로 통화할 때도 시간 지연 같은 게 별로 없지 않냐고 하겠지만, 우주로 가면 좀 달라지지 않겠어? 빛의 속도라는 것도 있고 말이야. 텔레파시는 그런 과학 법칙이 아니니까, 텔레파시가 통하는 쌍둥이 중 하나를 우주로 보내는 거야.

쌍둥이 중 하나는 우주로 가고 하나는 지구에 남아. 광속에 가까운 여행이라 아마 둘이 경험하는 시간은 달라질 거야. 빛의 속도에 가까워지면 시간이 느리게 간다는 얘기도 있잖아. 빛의 속도에 가까운 우주선에 타고 있는 사람들이 동영상을 0.5배속으로 돌릴 때의 모습처럼 느려지는 것과 같은 건 아니야. 그건 상대적인 거라서, 각자 같은 시간을 살지만 서로 상대를 바라볼 때 시간이 다른 거야. 물론 여기서 복잡하게 일반상대성이론을 설명할 수는 없어. 소설에도 그런 건 제대로 나오지 않아. SF라는 게 그렇다니까. 과학적이냐, 과학적이지 않으냐? 그건 중요하지 않아. 이것 봐, 광속에 가까운 우주선이 통신 문제를 해결하지는 못하잖아. 그건 하나의 배경일 뿐이야. 어렵다면 그냥 은근슬쩍 넘어가면서 주인공을 따라다니기만 하면 돼. 무슨 얘기하고 있었지? 맞아. 지금 따분한 너는 어떤 시간을 경험하고 싶으냐는 거야.

　지구에 남는 삶은 이래. 우주로 떠난 쌍둥이의 텔레파시가 오는 거야. 그건 점점 드문드문 이어지지만, 지구 사람들은 널 애지중지할 거야. 너의 쌍둥이와 너는 우주와 지구를 이어주는 무전기니까. 텔레파시가 오면 그런 걸 처리해 주면서 돈도 많이 벌고, 안정적으로 살면서 결혼도 하고 손주를 돌보면서 살 수 있는 거지. 물론 우주로 가는 삶을 선택할 수도 있어. 우주라는 건 어마어마하지 않을까? 쉬운 삶은 아니겠지만, 넌 우주에 나가는 인간이 되는 거야. 끝내주는 모험을 할지도 몰라. 외계인을 만날지도 모르고. 넌 어떤 삶을 살고 싶어? 그 두 가지 삶의 중요도를 따질 수 있을까? 어떤 게 더 나은 삶일 수 있을까? 물론, 소설을 읽는 동안은 그런 걸 생각할 수 없을 거야. 주인공 쌍둥이는 수다쟁이고, 우주에서도 지구에서도 무슨 일이 벌어질지 예측이 안 되거든. 게다가 서로의 시간이 다르게 흐르기 때문에 쉴 틈 없는 이야기가 펼쳐져.

이 책은 1956년에 발표되었으니까, 이 이야기는 할머니만큼 나이가 많은 거야. 시간이 무엇인지, 어떤 삶이 더 의미 있을지에 관한 인간의 고뇌를 잘 녹였다는 것보다, 이 책이 그렇게 오래되었다는 게 더욱 충격일지도 몰라. 고전이라 불리는 책은 그렇더라고. 나중에 읽어도 낡은 느낌이 별로 없어. 특히 SF의 고전은 더욱 그래. 자꾸 SF, SF 하는데 그게 뭔지 빨리 설명하라고? 그걸 그렇게 쉽게 설명할 수 있다면 이러고 있겠냐? SF와 판타지는 정말로 정의하기 어려운 분야란 말이야. 앞으로 차근차근 알게 될 거야. 자, 어때? 이걸 읽는 동안에는 시간이 빨리 갔니?

나한테만 이런 거 시켜
『중력의 임무』

피곤해 보이네. 무슨 일이 있는 건 아니지? 특별한 일이 있는 것도 아닌데 힘이 드는 날이 있지. 그럴 때도 있지 않아? 다른 사람들은 다 노는 것처럼 보일 때 말이야. 학교 끝나면 학원 가야지, 숙제해야지, 피아노 쳐야지, 테니스 배워야지, 그사이에 구독하는 채널에 업로드되는 동영상은 쌓이고 말이야. 해야 하는 일과 하고 싶은 일 사이에서 늘 갈등하게 되지. 게다가 엄마도 아빠도 왜 맨날 그렇게 바빠 보이는지. 어

『중력의 임무』

할 클레멘트 지음

안정희 옮김 | 아작

른이 되면 하고 싶은 일만 하면서 살기가 지금보다 더 어려워질 것 같으니 정말 답답하지. 그런 건 참 인정할 만하다니까. 하루하루가 똑같다고 불평도 하고, '왜 나만 이렇게 힘들지?' 하면서도 착실하게 사는 거 잖아?

그런 모습이 이해가 가더라도 해야 하는 일은 정말 싫지. 학교나 학원에서 시키는 게 은근히 많아. 지필평가가 예전에 비해 줄었다고는 하지만 수행평가가 더 힘든 걸 사람들은 잘 모른다니까. 말도 안 되는 미션을 주는 선생님을 만나기도 하고 말이야. 그런 선생님이 한둘이면 괜찮은데, 어느 날은 1교시부터 7교시까지 계속 수행평가라니 정말 짜증나지? 할 수 있는 것과 별개로 하기 싫은 날도 있는 건데 말이야. 평생 쓰지 않을 것 같은 외국어도, 초등학교 때부터 질려 버린 수학도 싫은데 수학을 품고 있는 과학까지. 매번 '으악, 이런 건 왜 배우는 거야?' 소리쳐도 아무도 답해 주지 않잖아.

불가능한 임무에 도전하는 주인공이 나오는 책 하나 알려줄까? 아, 아니다. 이건 읽는 것 자체가 불가능한 임무다. 쉽지 않은 소설이거든. 하드 SF라는 말이 있어. 부드럽고 쉽게 읽힌다는 소프트 SF의 반대말이야. 이 소설은 하드 SF야. 과학적 배경도 복잡하고 어려워. 그런데 그게 또 읽다 보면 나름대로 즐거움을 느낄 수 있다니까. 무슨 피학적 성격인가 싶겠지만, 성취감이라는 걸 느낀다는 거야. 인간이 느낄 수 있는 가장 짜릿한 감정 중 하나지. 두꺼워 보이는 소설을 다 읽었을 때, 게다가 이렇게 어렵고 뭔지 모르는 말이 가득한 책을 끝까지 읽었을 때는 엄청난 희열을 느낀다고. 산을 하나 넘었다고나 할까? 이 책도 그런 느낌을 주는 책이야.

책에서 펼쳐지는 세계는 뭐랄까 극도로 납작한 세계야. 말 그대로 행성은 찌그러져 있어. 엄청나게 빨리 돌거든. 1분에 20도 이상 자전축을 따라 회전하고, 하루의 길이가 17분 정도밖에 되지 않아. 그래서 적도와 극지방 표면의 중력이 아주 많이 차이 나는 행성이야. 이상하지? 작가는 처음부터 이런 행성을 설계하는 데 많은 시간을 썼다고 해. 이런 기묘한 행성을 상상해 놓고 실제로 모형도 만들었대. 지름이 36센티미터, 두께는 6.4센티미터인 행성 모형이 되는 거지. 이 행성에서 어떤 생명이 살 수 있을까? 어떤 일들이 벌어질까? 작가가 참 대단해. 이런 행성을 설계하고, 여기에 어떤 생명체를 넣어 어떤 이야기가 펼쳐질지 상상하다니 말이야. 그런데 이 작가, 과학 선생님이었어! 설마, 수행평가로 이상한 거 시키는 과학 선생님은 아니었겠지?

물론 배경만 재미있는 소설은 아니야. 지구인이 만나게 되는 외계인이 꽤 멋져. 딱 여기까지만 알고 한 번 도전해 봐. 상상도 못한 전개에 깜짝 놀라는 지점이 있을 거야. 더는 스포일러가 될까 봐 말할 수가 없어. 이 소설은 속편이 있어. 『온도의 임무』라는 책이야. 맞아, 이번에는 온도에 관한 뭔가 복잡한 설정이 있겠지? 물론 온도보다 더 복잡한 정치가 등장해. 두 권을 연속해서 읽으면 아마 너의 취향을 발견할 수 있을지도 몰라. 배경은 복잡하지만 단순하고, 경쾌하고, 뒷이야기가 없는 걸 선호하는 직진형 SF 독자인지, 교묘하고, 감정과 관계를 살펴야 하고, 배신과 정치가 난무하는 걸 좋아하는 나선형 SF 독자인지 알게 될 거야. 불가능한 임무에 도전하는 주인공을 보고 있으면, 내 삶을 다시 살아갈 힘이 생기기도 해. 그게 SF의 매력이기도 하고 말이야.

신중하고 완벽주의면서
상상력이 풍부한 INFJ를 위한 SF
『듄』

매력적인 세계를 만드는 건 정말 어려워. 있을 법하지 않은 일을 상상하는 SF의 세계에서는 더하지. 상상의 폭이 넓을수록 길을 잃기 쉽거든. 그걸 해내는 작가가 위대한 작가지. 프랭크 허버트가 만들어낸 '듄'의 세계는 매력적이야. 세계관이 완벽해서 그 안에서 벌어지는 일들이 모두 개연성을 얻어. 그런 행성이 있다면, 거기에선 반드시 어떤 일이 벌어질 것만 같단 말이지. 얼마나 매력적인지, 이 소설을 영화로 만들고

자 했던 사람도 여럿이고, 실제로 영화로도 게임으로도 만들어졌어. 그럴 때마다 제대로 만들어라, 소설과 다르다, 원작 팬들이 화가 났다 등 이슈를 몰고 다녔지. 역사상 가장 많이 팔린 SF라니 말 다했지 뭐.

처음에는 세계를 파악하는 데 시간이 오래 걸려. 배경이 이해가 안 되면 이야기 속으로 빠져들지 못하는 거지. 그래서 이 책을 펼치기 전에 유튜브에서 영화 〈듄〉을 보기 전에 알아야 할 포인트나 〈듄〉의 세계관을 정리해 놓은 영상들을 찾아봐도 돼. 배경이 되는 행성의 생태계는 복잡하고 우리의 세계와 근본적인 차이가 있어. 책을 읽다 보면 식물이 자라지 못하는 황량한 모래 세계에 어떻게 산소가 존재하는 건지 뭔가 이상하다 싶기도 해. 'dune'이 사구를 뜻하듯, 이 행성 자체가 사구처럼 모두 모래야. 물이 있기는 있어. 그런데 그 물이 모두 어디로 갔는지는 소설 속에서 찾아보는 게 좋아.

앉은 자리에서 다 읽을 수 있는 책은 아니야. 오랜 시간을 들여 읽어야 하는 책이야. 진행 속도가 느려. 이야기의 전개보다 주인공의 심리와 생각, 마음속 풍경 같은 게 중요해. 그래서 읽을 때에 '느린 책이다, 느린 책이야.' 하며 잠시 숨을 돌려야 할지도 몰라. 신중하고, 완벽주의면서 상상력이 풍부한 INFJ들을 위한 책이랄까? 괜찮아, 그래도 어느 정도 배경이 이해되고 그 세계에 발을 딛는 순간, 어렵다거나 느리다는 느낌은 사라지거든. 그래도 너무 방대해서 쉽게 "저는 『듄』을 다 읽었습니다!" 할 수는 없어. 여섯 권이나 되니까. 에이 뭐, 1권만 읽으면 어때? 나머지 5권은 언젠가 심심하거나 힘들어서 듄의 세계로 도망치고 싶은 날의 너를 위해 남겨 둬도 괜찮아.

1권을 잘 읽었다면 이 책을 영화화한 드니 빌뇌브 감독의 〈듄〉을 보는 것도 추천해. 모래가 흩날리고, 입이 바싹 마를 것 같은 행성에서 주인공이 살아남는 모습은 처절하면서도 아름다워. 소설을 읽어서 머릿속에 영화 속 한 장면의 뒷이야기나 등장인물들의 심리묘사가 들어있을 테니, 아마 더 재미있을 거야. 이 감독은 소설의 오랜 팬이고, 언젠가 꼭 영화로 만

『듄 신장판 1~6』

프랭크 허버트 지음
김승욱 옮김 | 황금가지

들고 싶다고 했대. 너무나 SF적이면서 커다란 스페이스 오페라의 세계를 담고 있어서 책과 영화 모두에서 대작의 냄새가 풀풀 풍겨. 이런 소설과 이런 영화와 같은 시대에 살고 있다는 것이 뿌듯하기까지 하다니까. 너무 오버하지 말라고? 듄의 세계에 빠지면 이게 유난스러운 게 아니라는 걸 너도 이해하게 될 거야.

역사, 정치, 경제 같은 것에 관심이 많다면 소설 속에서 더 많은 생각할 거리를 얻게 될 거야. 이 세계에 등장하는 스파이스 멜란지는 실제 우리 역사에 등장하는 석유를 떠올리게 해. 희귀한 자원을 두고 벌이는 인간들의 암투 속에서 무엇을 볼 수 있을까? 소설을 읽으면서 대단한 교훈을 얻을 필요는 없어. 그래도 하나의 창조된 세계와 그 세계가 우리 세상을 투영하는 모습을 보면서 지금의 우리 역사를 성찰할 수 있다는 건 좀 멋진 일 아니야? 이런 게 SF의 매력이기도 한 거지. 듄의 세계가 너와 너희 세대를 생각하게 만드는 좋은 시리즈로 남으면 좋겠어. 지금보다 더 나은 세상을 빚어내는 재료가 된다면 더 좋고 말이야. 아차, 넌 INFJ가 아니라고? 알았어. 너의 MBTI와 맞는 다른 소설도 찾아볼게.

어딘가 수상하고 뜻밖에 가까운 SF 사용설명서

용돈 받을 생각만 말고
가끔 할머니 생각
『잔류 인구』

할머니가 주인공인 소설이 몇 개 있어. 이상하게 그런 소설은 매력적이야. 뭔가 다른 시각을 보여 주거든. SF 중에서는 『잔류 인구』의 주인공은 70세 할머니야. 그는 지구를 떠난 이들이 정착한 행성에서 40년째 살고 있어. 한 번도 직접 얼굴을 마주본 적 없는 '회사'는 그녀의 가족과 마을을 통째로 다른 행성으로 옮기려고 해. 대단하지? 이 정착지는 쉬운 곳이 아니야. 마을 사람이라고 해봤자 다들 아는 사람들이고,

『잔류 인구』

엘리자베스 문 지음

강선재 옮김 | 푸른숲

하루하루가 비슷해. 사람들을 전부 다른 곳으로 옮겨 버린다고 하니, 사람들은 화를 내지만 어쩔 수 없어. 정착지 사람들은 회사의 명령에 따라 냉동 캡슐에 들어가서 다른 행성으로 떠나게 될 거라는 소식을 받아들여. 다시 정착을 시작하기 위해 지금의 정착지를 떠날 준비를 하게 돼. 하지만 주인공은 떠나고 싶지 않아. 힘들게 살았고, 아들은 다 키웠고, 남편은 죽었어. 이곳을 떠나 새로운 곳에 정착하는 것도, 우주 여행도 도전하기 싫은 거야.

그녀는 몰래 계획을 세워. 사람들이 짐을 꾸리고 우주선에 탑승할 때, 그녀는 조심스럽게 계획한 대로 행성에 남아. 버려진 정착지에 혼자 남아 자유로운 삶을 살기로 한 거지. 계획은 성공적이야. 그녀는 자유를 만끽하고, 정착지에서 자신만의 삶을 꾸려. 그러다 뭔가를 만나게 돼. 뭐냐고? 외계인을 만난 거야. 그곳에서 마을 사람들과 함께 사는 동안 한 번도 만난 적 없는 외계 생명체를. 그녀는 강제로 인류의 대표가 되는 거지. 그다음에 벌어지는 일이 어떻게 흥미롭지 않을 수 있겠니? 우린 한 번도 느껴본 적 없는, 하지만 오래 살아남게 된다면 틀림없이 느끼게 될 노인의 삶. 그건 아마 필연적으로 마주치게 될 오래된 기억이라, 우리는 잘 상상할 수가 없는지도 몰라. 삐거덕거리고 외롭고 초연하지만 불안한 그런 삶.

손자가 배고프다고 할 때 전 세계 할머니들의 반응에 관한 게시물 본 적 있어? 없다고? 그럼 당장 할머니한테 가서 배고프다고 말해 봐. 아마 끊임없이 뭔가를 만들어서 주실 걸? 우리나라 할머니만 손이 큰 줄 알았더니, 깜짝 놀랄 만큼 음식을 잔뜩 차려 놓은 외국 할머니 사진도 있더라. 그게 손주를 사랑하는 할머니들의 마음인가 봐. 엄마가 할머니가 되고, 아빠가 할아버지가 되겠지? 먼 일처럼 느껴지지만 말이야. 할머니도 외할머니도 우리 엄마 아빠가 나처럼 어렸을 땐 젊은 부부였을 거야. 그리고 그것보다 더 젊은 시절도 있었을 테고. 할머니는 그 시절을 어떻게 기억하고 있을까? 오래된 삶을 돌아보며 늘 과거를 추억하는 것처럼 보이는 할머니에게 어떤 꿈이 있을까? 이 책을 읽고 나서 할머니를 만난다면 조금은 느낌이 다를 거야. 명절에 용돈 받을 생각만 하는 게 아니라, 할머니랑 진지한 대화를 해 보고 싶어질지도 몰라.

주인공은 『노인의 전쟁』에 나오는 것처럼 다시 젊은 육체를 얻지도 못하고, 자신이 의도했던 만큼 혼자만의 자유로운 삶을 살지 못해. 하지만 자기다움을 찾아. 어쩔 수 없이 아이를 키우고, 어쩔 수 없이 개척민으로 살아왔던 삶에서 벗어나 자신의 의지와 지혜와 담대함으로 하나의 세계를 지켜. 그건 할머니들

어딘가 수상하고 뜻밖에 가까운 SF 사용설명서

만이 할 수 있는 무언가가 아닐까? 그리고 주어진 삶이 아니라 자신이 잘할 수 있는 무언가를 찾는 데 나이는 걸림돌이 아니야. 그건 문자 그대로 어느 나이의 누구에게나 주어진 사람답게 살기 위한 조건이니까. 역시 할머니가 주인공인 소설은 멋져.

엄마랑 말도 하기 싫어!
「관내분실」

　엄마랑 말도 하기 싫다니, 왜 그렇게 화가 난 거야? 공부하기 싫은데 공부하라고 한 거지? 그게 제일 싫던데. 아, 혹시 먹기 싫은데 뭘 먹으라고 했어? 엄마들이 늘 그러지 않아? 그렇게 화가 날 만한 건 아닌 것 같은데. 혹시 게임하고 싶은데 그건 못하게 하고, 친구랑 페메 좀 했다고 핸드폰을 뺏었어? 아, 엄마 친구 딸이랑 비교 당했니? 아니면 시도 때도 없이 하는 잔소리? 그렇구나, 잔소리 때문이구나. 엄마 잔소리에는 뭔가 이상한 느낌이 있지. 한 번으로 끝나지 않으면서 들을 땐 정말 화가 나는데, 나중에 돌이켜보면 맞는 말인 것 같아서 가슴이 뜨끔한 것 말이야. 너도 알고 있는데 뭔가 엄마가 하라고 하면 화부터 나는 거지. 아마 엄마도 엄마의 잔소리를 들을 때 그런 마음이었을 텐데, 아이를 낳으면서 그건 다 잊게 되는 게 아닐까?

사실 우리에게는 태어나자마자 엄마는 엄마였으니까, 엄마가 아닌 순간의 엄마를 생각하기는 힘들지. 엄마에게도 이름이 있지만, 엄마라는 역할을 하다 보면 어쩔 수 없이 엄마로 사는 거라는 생각을 잘 못하게 되는 게 맞아. 그게 그렇잖아. 그래, 이와 비슷한 이야기가 나오는 SF도 있어. 엄마가 죽은 후에 관한 이야기야. 엄마가 돌아가시면 그런 잔소리도 그리워질 거라는 진부한 이야기를 하고 싶은 건 정말 아니야. 그렇게 될 수 없는 관계도 있고, 모두의 엄마가 '엄마'라는 대명사로 모두 설명되는 사람이라는 것도 아니고 말이야.

이 이야기는 엄마를 좋아하지 않았던 딸이 엄마의 마인드를 찾는다는 내용이야. 마인드는 죽은 사람을 업로드 해놓은 거야. 지금은 누군가 죽으면 무덤을 만들거나, 납골당에 봉납하고 추모하잖아? 이 세계에서는 사람이 죽으면 그 기억을 마인드에 저장해 도서관에 보관하는 거야. 살아있는 사람들은 좋은 일이 생기면 '그 사람이 살아서 이 소식을 들었다면 얼마나 좋아했을까?' 생각만 하는 것이 아니라 정말로 도서관에 찾아가 마인드 접속을 통해 죽은 사람의 기억과 만나는 거야. 물론 슬프거나 힘든 일이 생길 때에도 마찬가지지. 그런데 주인공은 별로 관계가 좋지 않았던 엄마가 죽은 뒤 단 한 번도 마인드 도서관을 찾지 않다가 3년 만에 도서관에 가게 돼.

무슨 이유 때문에 찾아갔냐고? 글쎄, 책을 읽어봐. 주인공에게는 기쁜 소식이기도, 그렇지 않기도 한 일 때문이니까. 문제는 그게 아니야. 큰 결심을 하고 찾아갔는데 엄마의 마인드가 도서관에서 검색이 안되는 거야. 그런 거 있잖아. 예전에 쓰던 노트를 집 어

『우리가 빛의 속도로
갈 수 없다면』

김초엽 지음 | 허블

딘가에 뒀는데 절대 찾을 수 없는 거. 분명히 잘 둔
다고 뒀는데 안 보이는 거 말이야. 그런 걸 관내분실
이라고 하나 봐. 주인공은 엄마의 마인드를 찾기 위
해 엄마와 관계가 좋지 못했던 동생과 만나고, 엄마보
다 더 관계가 좋지 않았던 아버지도 만나. 그래서 결
국 마인드를 찾았냐고? 그것도 읽고 확인해 봐. 분실
물을 찾는다는 게 쉬운 건 아니니까, 너무 기대하지
는 말고. 주인공은 엄마의 마인드를 찾으면서도 계속
엄마를 만나고 싶은 건지 아닌지 고민해. 엄마와 말도

하기 싫고, 엄마가 죽기 전까지 정말 말도 하지 않고 살았으니까.

주인공의 마지막 말은 엄마를 위한 거짓말이 아닐까 생각해. 넌 어떻게 생각하는지 나중에 들려줘. 이건 짧은 소설이고 엄마한테 잘하라고 잔소리하지도 않을 테니까, 한번 읽어 봐. 어떤 사람이라도 엄마의 몸에 머무르다 세상에 나오고, 엄마가 있거나 없거나 어른이 돼. 그런 의미에서도 이 소설은 근본적이면서 단단한 땅을 흔드는 질문을 던져. 그런 것까지 몰라도 사실 마인드 업로드 기술이 재미있어서도 읽을 수 있는 소설이고 말이야. 엄마든 아빠든 잘 모르는 게 있다면, 그건 사람이 잔소리만으로는 절대 말을 듣지 않는다는 거야. 겪어 봤으면서, 말을 해 줘도 잘 모르더라니까.

아, 꼰대들 왜 저래?

『나는 절대 저렇게 추하게 늙지 말아야지』

꼰대라는 말은 어른들 사이에서만 힙한가 봐? 꼰
대처럼 보이지 말아야 한다느니, 무슨 말을 할 때마
다 '이렇게 말하면 꼰대인가?' 하며 자기를 검열하는
건 죄다 어른이잖아? 틀딱이라는 말도 처음 들었을
땐 정말 충격이었는데 너희는 아무렇지 않게 쓰더라
고. 사실 이렇게 말하고 쓰는 것도 다 꼰대 짓은 아닐
까 하는 생각도 들어. 어른이 되면 신경 쓰이는 게 많
으니까. 지금이야 카톡이 편한가 페메가 편한가, 검색

은 구글로 하는지 유튜브로 하는지 정도가 차이 날 뿐이지만 점점 달라지겠지. 디지털 네이티브 세대라는 말이 나온 지도 꽤 되었으니 아마 나이가 들면 너희가 하는 말은 제대로 알아듣지도 못하는 날이 오고야 말 거라는 불안감이 있어.

너희도 나이가 들어보면 알 거라는 둥, 너희는 안 늙을 줄 아느냐는 둥 협박을 할 생각은 아니야. 어른이 된다는 것에 더해, 늙는다는 걸 실감하는 순간 두려움이 생긴다는 걸 조금은 공감받고 싶다는 느낌 정도야. 꼰대 불안감은 뒤처짐이나 이해받지 못할 것에 관한 걱정이거든. 막연한 두려움 같은 게 구체적인 상황이 되면 큰 공포감이 들더라고. 아이폰이 지금 14세대까지 나왔는데, 나중에는 30세대, 40세대가 된다는 이야기처럼 상세한 숫자가 나오니까 '우와, 그게 나올 때까지 살면 그거 사서 쓸 수 있을까?' 하는 생생한 무서움이 생긴다는 거지. 너도 한번 생각해 봐. 아마 그때 즈음에는 에어팟을 처음 보고 신기해하던 우리는 모두 귀도 제대로 들리지 않는 노인이 되어 있을 거야. 애플에서 노인들을 위한 아이폰 실버나 에어팟 실버 같은 제품을 내놓게 될까? 완전 현실적인 설정 아니야?

맞아, 이것도 SF 얘기야. 계속 어디에든 무엇에든 SF 얘기를 갖다 붙이는 것도 너무 꼰대 짓인가? 이게 그렇다니까. 어디에 붙여 놓아도 잘 연결이 돼. 인간의 상상력은 꽤 덩치가 크고, 그중에서 SF는 미래 기술에 관한 상상력 자체가 종특인 장르라니까. 노이즈 캔슬링 기능에 더해 노인용 보청기 기능까지 갖춘 에어팟을 만들지 못하란 법은 없으니 꽤나 현실적인 상상이고 말이야. 소름 끼치는 건 이런 설정에서도 아이폰이랑 에어팟은 비싸다는 거야. 웃기지? 친구가 좋다고 하도 자랑해서 에어팟 실버를 귀에 끼워 보고는 아이폰을 한 번도 쓴 적이 없으면서 중고로 휴대폰을 바꾸고, 다음 연금이 나오기를 기다렸다가 에어팟을 사서 끼우는 주인공이라니! 그걸 살 때까지 아직도 이거 없는 사람은 너밖에 없다면서 놀리는 친구는 또 어떻고? 이야말로 현실 밀착형 SF라고 해야 할까?

**『나는 절대 저렇게
추하게 늙지 말아야지』**

심너울 지음 | 아작

소설 속 노인들은 아주 이상한 사람들은 아니야. 보통의 인간처럼 생각하고 살아가. 하지만 때로는 무례하고 때로는 추해 보여. 게다가 모순덩어리야. 젊은 사람들이 이러쿵저러쿵 손가락질하면서 젊은 애들이 하는 건 해 보고 싶어해. 불편하고 이상하다면서, 대화형 인터페이스는 배울 생각이 없으면서, 새로운 유행에 뒤처져 무시당하는 건 싫어해. 몸이 늙은 만큼 생각도 함께 늙어 버려서 예의나 존중은 밥 말아먹은 듯 행동하지. 심각하지는 않지만, 끊임없이 지적질하

어딘가 수상하고 뜻밖에 가까운 SF 사용설명서

면서 스스로는 변하고 싶은 마음이 1도 없는 사람들이 등장할 뿐이야. 그런 사람들이 바로 꼰대잖아. 절대로 저렇게 늙지 말아야지 다짐하면서도 결국 그렇게 되어 버리는 사람들의 슬픈 운명 같은 거.

늙는다는 것의 기준은 어쩌면 배우고자 하는 의지에 있는지도 몰라. 어린 사람들은 질문이 많고, 두려움 없이 도전하는 경우가 많잖아. 다른 사람의 마음도 알고 싶어서 먼저 다가가고, 새로운 사람을 만나고 이해하며 살아가는 자세를 잃지 않아야 늙지 않는 것 같아. 자신만의 세계에 갇히고, 신선한 느낌을 공격으로 받아들이고, 다른 사람을 이해하거나 존중하지 못한다면 나이가 아무리 어려도 늙은이가 되는 거지.

물론 살아가는 시간이 길어질수록 경험은 늘어나고, 도전의 기회가 줄어드는 만큼 도전에 대한 자신감은 떨어질 거야. 그래도 그 감각만큼은 유지해야 할 텐데, 사실 늙으면 이런 말도 귀에 안 들어오는 게 문제라니까. 책 읽으면서 무슨 생각이 그렇게 많냐고? 너도 읽어봐. 나이듦에 관해 고민하게 될 거야.

장래희망 따위 묻지 않는 세상은 없나?

『단어가 내려온다』

안 물어볼게. 장래희망 같은 거. 사실 뭘 하면서 살 지는 스무 살이 넘어야 결정할 수 있어. 서른이나 마흔, 쉰에 결정하는 경우도 있어. 대학에 간다고 모든 게 다 결정되는 건 아니야. 그런 사람도 있지만, 아닌 사람도 있지. 특별한 사람들만 그런 것도 아니야. 한 분야에서 성공한 사람만이 다른 분야로 옮기는 것도 아니고 말이야. 지금이야 뭘 할지 생각해 보라는 압박도 너무 많고, 입시에 실패하면 모든 것이 다 무너질 것 같은 느낌도 있을 거야. 학생 때가 아니면 뭘 할까 고민할 시간이 적어진다는 말이 있지 않느냐고? 그렇지. 나이를 먹으면 조급해지는 건 사실이야.

특히 뭘 하고 싶은지 감도 잡히지 않고, 잘하는 것도 별로 없는 것 같은 때에 뭔가 결정해야 하는 건 가혹하지. 차라리 장래희망으로 그냥 아무거나 하나 정해 놓을까 하는 생각도 있지? 진로 수업 시간이나 진로희망조사 같은 걸 할 때 눈에 띄지도 않고, 어른들이 걱정하지도 않고, 그렇다고 솔직하지도 않은 걸 말해 놓으면 좋잖아. 대통령이 되고 싶다고 순진하게 이야기하던 시절은 지났고, 요즘 아이돌이 되고 싶다고 하는 건 너무 진부한 것 같고. 그렇다고 프로게이머 같은 걸 적어내면 부모님이나 선생님은 널 걱정하는 척하며 다른 걸 권하잖아. 의사나 판사 같은 게 되고 싶다고 하기에는 공부를 못하는 것 같고, 정말 솔직하게 돈 많은 백수가 되고 싶다고 말하면 그건 또 염치없어 보이고 말이야.

만 15세 즈음, 사람에게 단어가 하나씩 내리는

세계가 있어. 이건 또 무슨 세계냐고? 꽤나 구체적이야. 인류가 화성에 정착하고, 웜홀이 발견되고, 그 너머를 관측하는 세계야. 주인공은 딱 열다섯이 되었어. 친구들이 하나둘씩 단어를 받을 때 주인공은 과학자인 엄마를 따라 화성에 가게 돼. 공부해서 언어학자가 되고 싶었던 주인공은 화성에 들어가기 위한 검역소에서 한 달 동안 머무르면서 세계에서 모여든 사람들을 만나. 열다섯이 넘은 사람들은 모두 단어를 받았어. 다양한 언어를 쓰는 사람들이 모였으니, 단어도 각양각색이야. 심지어 이누이트족의 단어를 받은 친구도 만나. 주인공은 화성에서 자신에게 내려올 단어를 기다리는 거야. 단어는 명사일 때도 있고, 동사일 때도 있어. 형용사나 조사, 의태어, 의성어도 있고 말이야. 주인공은 어떤 단어를 받게 될까? 그리고 그건 무슨 의미일까?

사람들은 자신이 어떤 단어를 받을까 기대하고, 단어를 간직해. 어떤 단어라도 단 한 가지의 의미를 갖는 건 아니기 때문에 사람들은 고민하기도 하고 때로

『단어가 내려온다』

오정연 지음 | 허블

논란이 일어나기도 하지. 그걸 정해진 운명으로 받아
들이기도 하고, 별 뜻 없이 재미로 받아들이는 사람들
도 있어. 단어가 이어지고, 좋은 의미를 가진 말을 만
들기 위해 특별한 단어를 받은 배우자를 찾기도 하고,
아이가 좋은 단어를 받았으면 하는 마음에 열심히 국
어사전을 뒤적이는 부모도 있어. 너에게 그런 단어가
내린다면 어떨 것 같아? 사실 장래나 진로희망이라는
건 그런 걸지도 몰라. 우연히, 무작위로 뭐가 걸릴지
모르게 문득 다가오는 것처럼 다가오는 거 말이야. 물

론 단어가 내려오는 것처럼 전적으로 모두 우연일 수는 없겠지만. 노력한다고 꿈꾸던 그대로 모두 실현되는 것도 아니고, 다른 꿈을 향해 노력했는데 그 중간에 어떤 사고나 운명처럼 뭔가를 만나기도 하잖아.

그 안에서 어떤 의미를 부여하는가는 전적으로 그 사람에게 달려 있어. 그래서 위인전이나 회고록의 이야기는 모두 나중에 기억을 뒤적이고 의미를 해석해 만들어지는 것일지도 몰라. "일이 이렇게 풀려서 제가 이런 일을 하고 있을 줄 몰랐죠."라든지, "아니요, 어릴 때 꿈꿨던 일은 전혀 아니었어요."라는 말을 하는 어른들도 많잖아. 그러니까 장래희망 따위는 묻지 않을게. 너도 언젠가 단어가 내려오는 것과 비슷하게, 운명처럼 너의 직업이나 미래의 삶을 만날 거야. 그때 어떤 해석을 하느냐도 너에게 달려 있고 말이야. 그때 좋은 해석을 붙이려면 미리 공부를 좀 해놓는 게 좋을 거라는 얘기나, 노력하고 준비하는 사람에게나 기회가 오는 거라고 덧붙이면 안 되겠지? 알았어, 미안!

어쩌면 극한직업
『이웃집 슈퍼히어로』

초능력을 갖게 된다면, 특히 어떤 능력을 갖고 싶어? 하늘을 날 수 있다거나, 아주 작은 소리도 들을 수 있다거나, 힘이 엄청나게 세서 악당을 모두 죽일 수 있다거나, 물속에서도 자유롭게 숨 쉴 수 있다거나, 머리가 엄청 좋아져서 학교 시험 따위 모두 돌파해 버리거나, 거미줄이 발사되어 건물 사이를 자유자재로 날아다닐 수 있다는 것 모두 괜찮겠지? 차원을 건너다니는 건 어때? 그것도 괜찮겠네. 마블 영화

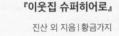

『이웃집 슈퍼히어로』

진산 외 지음 | 황금가지

가 나오면서 슈퍼히어로의 삶이라는 게 쉽지 않다는 걸 잘 알게 되었지만, 쫄쫄이 슈트를 입고 나름대로 영웅이 될 수 있다면 그것도 그 나름대로 즐거운 삶일지도 모르겠어. 그런 슈퍼히어로에 관한 이야기에는 꼭 외국인이 등장하지. 키도 크고, 잘생기고, 이미 잘 사는 사람들 말이야. (물론 우리의 마요미가 마블 영화에 등장하긴 하지만!)

　한국 패치된 슈퍼히어로 SF 단편집이 있어. 정말 좋아하는 시리즈야. 그중에서도 번개가 나오는 「세상에서 가장 빠른 사람」이라는 단편을 좋아해. 주인공은 시간을 멈추는 능력이 있어. 중력을 조절할 수 있는 사람, 금속을 쓰는 사람, 불을 쓰는 사람, 물을 쓰는 사람 등 능력을 가진 다양한 사람들이 공존하고 있어. 각자의 초능력은 상대방과 상성이 있어서 서로를 거북해 하기도 해. 불을 쓰는 사람이 물을 쓰는 사람과 일대일로 맞붙는다면 어떻게 되겠어? 포켓몬 시리즈랑 비슷하게 각자의 능력치가 어떤 모양이냐에 따라 굉장한 효과가 나타나기도 하고, 별로 효과가 없기도 하는 거지. 그런 세상에서 번개가 살고 있어.

번개는 시간을 멈추고 아무런 기계도 작동하지 않는 세상에서 홀로 움직이며 사람들을 구하는 영웅이야. 어느 날 마트가 무너진다는 속보를 지하철역 TV로 보게 돼. 사실 번개는 거기 가고 싶지 않아. 하지만 그의 손을 잡고 있는 딸의 다녀오라는 말을 듣고 번개는 시간을 멈춰. 그리고 마트가 있는 곳까지 걸어서 가. 중간에 힘이 들면 김밥천국에서 김밥을 먹고, 편의점에서 음료를 마시겠지. 번개의 시간으로는 하루가 지나 마트에 도착하게 되는 거야. 나중에 사람들은 번개가 참치김밥을 몇 줄 먹었는지 보고 번개의 행동을 추측하는 거야. 초인이 그렇게나 많은 세상이니까, 사람들은 번개에게 요구하는 게 많아. 빨리 구해 주지 못한 걸 비난하고, 번개가 어쩔 수 없이 두고 나온 생존자를 구할 생각은 안 해. 모든 게 영웅에게 맡겨지는 거야.

번개는 능력이 있지만 완벽하지는 않고, 그런 능력으로 최선을 다하지만 사람들은 번개를 위로하기는커녕 가진 능력을 제대로 쓰지 못한다고 욕하기만 해. 번개는 사고 현장에서 사람들을 구하지만, 거꾸로 그를 구해주는 사람은 없어. 세상을 바라보는 번개의 냉소적이면서도 따뜻할 것 같은 표정이 읽는 내내 떠올랐어. 이 책으로 우리 사회에서 일어나는 여러 가지 일들과 겹쳐지는 재난을 읽어 낼 수도 있을 거야. 능력이 있어도, 아무런 능력이 없어도 세상이 쉽지 않다는 건 너무 잔인하지만.

코로나가 무기가 된다면?
『소용돌이에 다가가지 말 것』

코로나 때문에 마스크를 쓰고 다닌 지 벌써 세 번째 해가 지났어. 우리가 변하지 않을 것으로 믿었던 세상의 여러 가지 모습이 코로나로 인해 달라졌지. 단단해 보이던 일상에 균열이 생기고 학교에도 갈 수 없던 그 시간은 아마 우리의 몸과 마음에 많은 상처를 남겼을 거야. 대부분의 사람이 백신을 맞고, 코로나를 경험하고, 다시 새로워진 일상에 안착하고, 마스크를 벗고 다닐 수 있게 되었지만, 아직도 코로나는 진행형

이야. 이번 팬데믹을 통해 사람들은 바이러스라는 존재가 미지의 영역에서 조금은 빠져나와 어떻게 작동하고, 인류에게 얼마나 해가 될 수 있는지 알게 되었어.

동시에 그런 공포도 생기지 않았어? 코로나 다음에 어떤 바이러스나 또 다른 질병이 인류를 위협하게 될지도 모른다는 공포 말이야. 천연두, 페스트, 콜레라, 인플루엔자 등으로 과거의 팬데믹이 있었다면, 특정 지역에서 주기적으로 환자가 발생하는 엔데믹, 단기간에 빠른 속도로 전파되는 에피데믹 등 여러 모습으로 감염병이 나타날 수 있어. 코로나와 같은 공포를 겪은 사람들은 새로운 공포 앞에서 어떤 모습을 보일까?

SF 세계에서는 바이러스나 질병으로 인해 인류가 멸망한 이후의 세상을 그린 '포스트 아포칼립스' 소설이 꽤 많아. '아포칼립스'는 신의 계시를 뜻하는 말에서 기원했지만, 요한묵시록의 제목으로 쓰인 이후 인류의 멸망이나 세계의 종말을 뜻하는 말이 되었다고

**『소용돌이에
다가가지 말 것』**

폴 맥어웬 지음
조호근 옮김｜허블

해. 요한묵시록은 기독교 성서의 마지막 장으로, 세계의 끝을 다뤄. 이러한 '아포칼립스' 앞에 '포스트'를 붙인 단어는 세계가 끝난 뒤에 살아남은 이들이 어떻게 되는지에 관한 모습을 담은 소설이나 새로운 세상을 다시 만들어가는 모습을 담은 소설을 뜻하는 말이 된 거야. 레이 브래드버리의 『화성 연대기』에 이런 포스트 아포칼립스 소설의 원형이 등장해.

그런데 잠깐, 이미 멸망한 세상에서 새롭게 시작하는 이야기가 아니라 멸망의 과정으로 가는 이야기를 해야 해. 코로나와 같은 바이러스나 질병이 인류를 위협하는 무기가 되는 이야기. 폴 맥어웬의 『소용돌이에 다가가지 말 것』이라는 소설에 곰팡이와 같은 진균류로 만들어낸 치명적인 무기가 등장해. 2차 세계 대전 속에서 이 무기를 만들어낸 이들과 무기에 관한 비밀을 간직한 채 오랜 시간 생물을 연구한 과학자의 가족 사이에서 숨 막히는 추격전이 펼쳐지는 스릴러야. 아주 작은 마이크로 로봇이 등장하고, 단순히 검은색 먼지로만 생각되던 곰팡이를 새롭게 보게 하는 소설이야. 읽다 보면 곰팡이의 세상을 연구하는 과학자의 모습이 아름답게 보이기도 하고, 가족애를 느낄 수도 있어. 물론 일본의 제국주의에 관한 전형적인 묘사나 진균류와 같은 생명의 감염 속도나 치명적인 정도에 관해 과장이 심하다는 평도 있지만, 물리학과 교수가 쓴 책이라 그런지 과학적 묘사에 몰입도를 높이고 무엇보다 추리소설의 요소가 많아서 정말 박진감 넘쳐.

바이러스는 아니지만 질병을 일으키는 무언가가

무기가 되고 그것을 노리는 어떤 사람들이 있다면, 세상은 정말 무섭게 돌아갈 거야. 질병을 일으키는 존재보다 그걸 어떻게 사용할지에 대해 고민하는 사람들이 더 무섭겠지. 무기를 사고 파는 것처럼 질병이 판매가 되고 가격이 오를지도 모르겠네. 그걸로 사기극을 벌이거나, 투기를 하는 사람들이 생길지도 모르고 말이야. 너무 멀리 나갔나? 오지 말았으면 하는 그 세상에서 어떻게 무게 중심을 잡을 수 있을까? 한번 고민해 보면 어때?

SF의 우영우
『어둠의 속도』

드라마 때문에 책을 못 읽었다고? 〈이상한 변호사 우영우〉를 보느라 책을 못 봤다면, 어쩔 수 없지. 이 드라마는 우리나라가 들썩거릴 정도로 인기가 많았지. 자폐 스펙트럼 장애를 가진 이들을 바라보는 시선을 바꿨다는 점에서 드라마 외적으로도 평가받을 만하고. 비장애인은 장애인을 여러 가지 편견을 갖고 바라보곤 하는데, 이 드라마는 장애인을 너무 전형적인 피해자로 그리려 하지 않았다는 점에서도 좋은 평가를 얻었어. 드라마 속 우영우는 우리가 주변에서 흔하게 볼 수 있는 자폐 스펙트럼 장애인과는 달라. 우영우를 연기한 배우는 장애인이 아니고 말이야. 드라마 〈우리들의 블루스〉에는 다운증후군 화가와 청각장애인이 등장해. 비장애인이 장애인을 연기하는 것이 아니라 장애인이 연기를 펼치는 거지. 이 드라마에서도 장애인을 응원하는 모습이 참 부드러워. 이런 드라마에서 볼 수 있는 장애인과 그 주변 사람들의 모습이 앞으로 우리 사회가 장애인을 대하는 모습의 본보기가 된다면 정말 좋을 것 같아.

자폐 스펙트럼 장애를 가진 이들의 삶을 비장애인이 상상하기는 어려워. 우리는 영우의 행동을 볼 수 있지만, 그 내면의 모습을 정확히 알 수 없지. 드라마 속에서 고래로 표현되는 그 마음을 글로 표현하면 어떤 모습일까? 『어둠의 속도』의 주인공 루 애런데일은 마지막 자폐인 세대로 등장해. 임신 중 자폐를 진단할 수 있는 기술도, 자폐를 치료할 수 있는 기술도 있기 때문에 새로 태어나는 자폐인은 없어. 루는 자폐인

『어둠의 속도』

엘리자베스 문 지음

정소연 옮김 | 푸른숲

으로 구성된 한 기업의 부서에서 근무하며 자신의 생활을 이어가고 있어. 펜싱을 좋아하고, 함께 대회에 출전하는 펜싱 동아리 회원 친구들도 있어. 루의 생활은 규칙이 가득하고, 그를 안심시키는 색색의 바람개비가 가득 찬 책상은 드러나지 않는 그의 다채로움을 보여 줘.

그런데 루의 회사에 장애인을 고치면 된다는 생각을 가진 상사가 나타나. 그는 자폐인이 부당하게 특별대우를 받는다고 주장하며 그들을 치료 프로그램에

강제로 참여시키고 정상화되기를 강요해. 상사는 자폐인이 그대로 살고 싶어하는 걸 이해하지 못해. 자폐증이 자신의 일부이며, 그저 자기 자신이기를 바란다는 루의 말을 읽고 있으면 먹먹한 따뜻함이 밀려와. 장애인은 언제나 도움을 받아야 하고, 자기 삶을 헤쳐 나갈 수 없으리라 생각했던 사람들의 편견이 얼마나 가벼운 것이었는지를 돌아보게 하고 말이야.

정상과 비정상의 경계는 누가 만들까? 우리는 무엇을 정상으로 보는 걸까? 조금의 다름도 인정하지 못하는 우리 사회에 커다란 질문을 던지는 책이야. 그는 정상이 되고 싶을까? 자폐는 다를 뿐이고 나쁜 게 아니라는 말에 따라 그대로 수술을 받지 않게 될까? 그가 자폐인이 아니게 되면 얻는 것과 잃게 되는 것은 저울에 무게를 재듯 그렇게 나눠서 생각할 수 있는 문제일까? 이 책을 읽고 우리 자신을 만드는 정체성이 어떻게 만들어지는지, 나를 나로 만드는 것이 무엇인지 이야기 나눠 보면 어때? 영우의 아름다운 성장기와 비교해 봐도 좋을 거야.

너는 어떤 행성에서 살고 있니?
『은하행성서비스센터, 정상 영업합니다』

이미영 사장은 사업 수완이 뛰어나지는 않아. 그
러니까 어디서 갑자기 좋은 아이템을 가져와서 돈을
잔뜩 벌 수 있게 해주는 스타일의 사장은 아니라는
뜻이야. 하지만 마음이 따뜻해서 도움이 필요한 이들
을 그냥 지나치는 법이 없고, 항상 회사를 걱정하고
있지. 함께 일하는 김양식 이사도 늘 돈이 모자란 회
사를 걱정하고 있어. 항상 이미영 사장을 믿고 가자는
편에서 함께하는 믿음직한 직원이지. 물론 말은 많아.

어딘가 수상하고 뜻밖에 가까운 SF 사용설명서

"사장님, 이게 저희가 사업을 시작하기로 한 목적과는 상관없지 않나요?" 같은 말로 계속 불만을 터뜨리거든. 도대체 사업을 시작하기로 한 목적이 뭔지는 나오지 않지만 김양식 이사의 마음속에는 언제나 그 목적이 살아 있나 봐.

그러니까 미영과 양식은 동업하고 있는 사이야. 은하계를 통과하는 심부름센터와 비슷한 느낌의 사업인데, 어떤 행성에서 필요하다고 하는 물품이 있으면 가져다주거나, 다른 행성에서 이쪽 행성으로 어떤 생물을 실어다 주는 역할을 하는 거야. 이 우주는 '초공간 도약 항법'이 개발된 미래야. 어떤 행성도 점프하는 것처럼 돌아다닐 수 있는 거지. 이미영 사장과 김양식 이사는 여러 행성을 건너 다양한 사람과 특별한 행성을 만나게 돼.

좋은 말을 해주면 잘 자라는 식물을 과학적으로 가능하게 한다면 어떤 일이 벌어질까? 좋은 말을 실제로 듣는 식물이 있고, 그런 식물을 가득 키우는 행성이 있다면 말이야. 그 행성의 이름을 어떻게 지으면 좋겠어? 한번 생각해 봐. 미영과 양식이 어쩔 수 없이 가야 하는 행성은 철통 행성, 파동 행성, 정지 행성, 의미 행성 등 다양해. 그들이 여행하는 열두 개의 행성은 서로 다르니까 다른 이름이 붙었겠지? 미영과 양식은 사업적으로도 생활적으로도 뭔가 어설퍼. 어떻게 저 둘이 이 사업을 계속하고 있는지 알 수가 없을 정도야. 미영과 양식이 만나는 이들은 뭔가 말이 안 되거나, 어쩐지 그들보다 더 어설퍼 보여.

대한민국이 미영과 양식이 여행하는 행성이라면, 그들은 이 행성을 어떻게 볼까? 많은 학생이 해마다 11월이면 시험을 보는 데, 시험 날에는 비행기도 움직이지 못하고, 학생들은 힘들게 시험을 준비하고, 시험 한 번으로 학생들의 인생의 앞날이 어느 정도 결정되는 행성을 이상하다고 하지 않을까? 그 행성의 이름은 '수능 행성'이겠지? 몇십 년마다 사회적 참사가 일어나 나이 어린 사람들이 죽는데, 어른들이 이러한 사회를 제대로 비판하지 못한 채 잘못을 되풀이하니 '재난 행성'이라고 부를지도 몰라.

『은하행성서비스센터,
정상 영업합니다』

곽재식 지음 | 네오픽션

    새로운 행성에서 미영과 양식을 맞이한다면 어떤 행성이 좋겠어? 곽재식 작가는 미영과 양식이 등장하는 단편을 여러 편 썼어. 『ㅁㅇㅇㅅ』도 미영과 양식의 모험담이 담긴 소설이야. 생각할 거리를 던져 줘서 읽고 나면 하고 싶은 말이 많아져. 〈독서평설〉에 연재한 내용이라 그런지도 모르겠어. 그렇다고 꼭 청소년만을 위한 토론 거리를 제공하는 소설은 아니야. 읽고 나면 은하계 어디선가 미영과 양식이 투덜거리며 새로운 행성을 향하고 있을 것 같은 느낌이 들 거야.

어제의 나와 오늘의 나,
누가 진짜 나일까?
『미키7』

 미래가 되면 병들고 약해진 내 몸을 대신할 몸을 만들어 영혼을 옮길 수 있을까? 영화 〈아바타〉에는 인간의 유전자와 외계인인 나비족의 유전자를 이용해 인간의 의식으로 조종할 수 있도록 만들어낸 아바타가 등장해. 인간은 특정한 기계에 들어가 아바타와 의식을 연결하고, 자신의 몸을 움직이는 것처럼 아바타를 움직일 수 있어. 영화의 마지막에는 인간에서 아바타로 아예 의식을 옮기는 인물도 있어. 주인공의 인간

몸은 하반신이 마비되었지만, 그의 아바타는 멀쩡하게 움직일 수 있어. 주인공은 결국 인간을 포기하고 아바타인 나비족의 일원이 되기로 결정하지.

기술이 발달하면 우리 몸을 새롭게 프린팅해서, 의식을 옮길 수 있을까? 이 소설에 등장하는 미래에는 가능해. 컴퓨터를 백업하듯이 인간의 의식을 백업해 두는 거야. 그 인간이 죽으면 저장된 DNA 정보와 단백질과 같은 재료를 조합해 몸을 찍어내고, 백업했던 의식을 몸에 넣으면 '짜잔' 하고 새롭게 태어나는 거지. 몸은 새것이고, 의식은 백업해 둔 그대로야. 마치 새로운 컴퓨터를 사서 이전 컴퓨터의 데이터를 그대로 옮긴 것처럼. 이렇게 복제된 인간을 '익스펜더블'이라고 하는데, 이들은 행성 개척지의 위험한 곳에서 작업을 하게 되어 있어. 방사선이 가득한 구역에도, 위험한 외계 생명체와 만나는 일에도, 개척지의 척박한 지역을 탐험하는 곳에도 익스펜더블이 쓰이는 거야. 이들이 죽으면 다시 찍어 낼 수 있으니까.

모든 사람이 익스펜더블에 지원할 수 있지만, 아

『미키7』

에드워드 애슈턴 지음

배지혜 옮김 | 황금가지

무도 지원하지 않아. 어쨌거나 끔찍하게 죽고, 다시 살아나기를 반복하는 거니까. 의식을 백업했다가 다시 집어넣는 것도 어쩐지 너무 기계적이라, 이에 대해 영혼의 문제를 따지면, 찬성하는 사람들과 반대하는 사람들이 나뉘게 돼. 어때? 인간의 의식을 그대로 업로드하고 다운로드하는 것이 가능할까? 인간의 의식과 영혼은 어디에서 오는 걸까? 몸에서 계속된다고 해도, 의식에서 계속 된다고 해도 익스펜더블은 계속 같은 영혼의 인간이 아닐까? 이 소설의 제목이 『미키7』인

어딘가 수상하고 뜻밖에 가까운 SF 사용설명서

이유는 미키가 계속 죽고 일곱 번째 재생된 미키가 주인공이라서야. 개척지 사람들은 주인공이자 익스펜더블인 미키를 뭔가 께름칙하게 생각해. 미키가 죽고, 미키2, 미키3, 미키4가 계속 생겨나는 덕분에 개척지를 탐험하는 일을 계속할 수 있지만, 그 뒤의 미키는 인간이 아닌 것처럼 생각하는 거지. 어느 날 미키7은 개척지 행성에 정찰을 나갔다가 죽을 위기에 처해. 엄청나게 깊은 구덩이에 빠졌거든. 함께 나갔던 정찰기는 무사히 돌아가고, 미키7이 죽은 줄 알고 미키8을 만들어내. 그런데 미키7이 구사일생으로 다시 기지에 돌아와. 그러니까 기지에는 미키7과 미키8이 같이 있게 된 거야.

당연히 미키7은 자기가 진짜 미키니까 살아남아야 한다고 하고, 미키8은 자기가 살아남아야 한다고 주장하지. 이런 상황이라면 누가 사라져야 할까? 어제까지의 기억도, 생김새도, 모든 게 같은 사람이 둘이라면 둘 중 누가 진짜인지를 어떻게 결정할 수 있을까? 이런 상황이랑 제일 어울리는 역설이 '테세우스의 배'야. 소설에도 그 이야기가 나와. 미노타우르스를 죽이고 아테네로 돌아온 테세우스의 배가 있어. 사람들은 테세우스의 배에 낡은 부분이 생기면 새로운 판자를 끼워 고쳤어. 다른 곳이 낡으면 다시 새 판자로 바꿔 끼웠지. 그렇게 계속 고치다 보면 테세우스가 탔던 배의 조각은 어느 순간 하나도 남지 않게 되지. 그렇다면 그건 테세우스의 배가 맞을까? 우리 몸의 세포도 마찬가지야. 세포의 대부분은 죽고 대체되니까. 그렇다면 6개월 전의 세포와 대부분 다른 세포로 이루어진 우리는, 6개월 전의 우리와 같은 사람이 맞을까?

계속 재생되는 미키는 어떤 감각을 갖게 되는지 흥미로운 이야기가 펼쳐져. 더 얘기하면 스포일러가 될 테니 그만하고, 읽기 전에 이런 상황에 놓인다면 어떻게 해야 할지 고민해 보는 건 어때? 그냥 미키7과 미키8을 죽이고 새로 미키9를 꺼내면 되는 거 아니냐고? 그렇게 하자는 등장인물도 나와. 그 인물이 어떤 인물인지 찾아보는 재미가 있을 거야. 미키가 도착한 개척 행성에 살고 있는 외계 생명체가 살아가는 방식도 정말 흥미로워. 게다가 봉준호 감독이 이 책을 원작으로 새롭게 만드는 영화의 제목이 '미키17'이라고 해. 소설보다 열 번이나 더 미키를 죽이다니, 얼마나 재미있는 영화일지 기대된다면 너무 섬뜩한가?

외계인과 친구가 될 수 있다면
『프로젝트 헤일메리』

주인공이 과학 선생님이라 이 책을 좋아하는 거 아니냐고? 맞아. 주인공이 과학 교사인 소설은 많지 않으니까. 게다가 이 과학 선생님은 꽤 괜찮은 사람이거든. 좋은 선생님의 조건이 몇 가지 있는데 그중 하나가 잘 배우는 사람이 좋은 선생님이 될 수 있다는 거야. 수업을 잘한다거나, 아는 것이 많다거나, 농담을 적절하게 잘 던지는 건 다 부수적인 조건이야. 제대로 배우는 사람만이 제대로 가르칠 수 있거든.『프로젝트

어딘가 수상하고 뜻밖에 가까운 SF 사용설명서

헤일메리』의 주인공은 잘 배우는 사람이야. 단순히 수업을 듣는 것이 잘 배우는 게 아니야. 새로운 것과 만나고, 고민하고, 다시 새롭게 생각하며 확장하는 게 바로 잘 배우는 거야. 책의 주인공은 거기에 딱 맞는 사람이고 말이야.

어느 날, 태양 에너지가 줄어든다는 걸 과학자들이 알게 돼. 큰일인 건 그 속도가 심상치 않다는 거야. 당연히 과학자들은 그 원인을 찾지. 그러다 뭔가 이상한 걸 발견하게 되는데, 금성과 태양 사이에 이상한 선이 생겨났다는 거야. 선의 정체도 알 수 없고, 태양이 어두워지는 만큼 그 선이 밝아지는 현상도 설명할 방법이 없어. 그래서 과학자들은 금성에 가게 돼. 금성에서 그 선을 이루는 물질의 샘플을 가져오는데, 여기에서 바로 우리의 주인공이 이 샘플을 분석하는 일을 맡게 되는 거지. 왜 과학 선생님이냐고? 이 샘플을 뛰어난 과학자들에게 보낸다면 혹시 모를 감염 때문에 과학자들이 다 죽을 수도 있으니까. 마치 기니피그처럼 과학자였던 과학 선생님에게 먼저 실험하도록 해

『프로젝트 헤일메리』
앤디 위어 지음 | 강동혁 옮김
알에이치코리아

본 거지. 과학 선생님이 죽지 않는다면 다른 과학자들에게 보내도 될 테니까. 그런데 주인공은 역시 주인공이라 뭔가를 발견하게 되는 거야.

이 두꺼운 책이 매력적인 이유는 마치 퍼즐을 푸는 것처럼 기억을 찾아내고, 태양과 지구를 구하기 위해 떠나는 초반부 때문이 아니야. 우주선을 타고 머나먼 곳으로 떠난 주인공이 누군가와 만나게 되는 중반부 때문이야. 태양만 이런 문제를 갖고 있었던 것이 아니라 다른 별들도 감염되었고, 그걸 해결하기 위해 다른 존재도 머나먼 우주를 건너오거든. 그 존재와 만나서 이야기를 나누고, 함께 문제를 해결해 나가는 그 모든 과정이 숨 가쁘게 진행되다 보니 소설이 길게 느껴지지 않아.

　동료들을 다 잃고, 머나먼 우주에서 처음 만나는 존재와 어떻게 소통할 수 있을까? 우리와 전혀 다른 생명체는 어떤 감각을 갖고 있을까? 그 생명체는 우리가 생각하는 것과 다른 방식으로 생각할 텐데, 그 간격은 어떻게 조절할 수 있을까? 그 외계의 생명체와 친구가 된다는 건 어떤 느낌일까? 이런 질문들이 복잡하게 이어지는데, 그게 단순하게 쭉 펼쳐지며 답이 떠오르게 되는 소설이야. 길어도 도전해 볼 만해! 겁먹지 마. 결국 마지막은 다가오니까.

오디오가 비는 건 참을 수 없는
ENFJ를 위한 SF
『개는 말할 것도 없고』

　　『우주복 있음, 출장 가능』이라는 책의 첫 장면에서 주인공은 아빠에게 달에 가고 싶다고 말해. 그때 아빠는 뭔가 심드렁하게 "그러렴." 하고 대답하고 다시 책을 읽어. 아빠가 읽고 있던 책은 제롬 K. 제롬의 『보트 위의 세 남자』였어. 이 별거 아닌 것 같은 시작이 다른 유명한 책의 헌사에 등장하는데, 바로 코니 윌리스의 『개는 말할 것도 없고』야. 코니 윌리스는 책의 시작 부분에 이렇게 적었어.

"『우주복 있음, 출장 가능』이라는 책을 통해 내게 처음으로 제롬 K. 제롬의『보트 위의 세 남자, 개는 말할 것도 없고』를 소개해준 로버트 A. 하인라인에게"

이렇게 SF가 다른 SF와 연결된다니 신기하지? 코니 윌리스는 하인라인의 책과 함께 다른 작품도 추천 받았고, 그 작품이 자신에게 영향을 주었다는 것을 헌사를 통해 알려준 거야.『보트 위의 세 남자』는 1889년에 영국에서 출간된 코믹 소설인데 세 남자가 보트를 타고 여행하는 이야기야. 진지하게 여행 소개를 하려고 썼다는데 시종일관 유머가 등장해. 이 세 남자는 여행하는 데 재능도 없고 운도 없거든. 같이 다니는 개 한 마리도 엉뚱하기는 마찬가지고 말이야. 코니 윌리스의 소설도 시종일관 유머를 유지해. 게다가 어찌나 말이 많은지, 이어지는 사건과 대사로 소설이 숨 막히게 전개 돼. 어떤 사람들은 등장인물들의 수다에 혼이 빠지는 느낌이 든다고 할 정도야.

코니 윌리스는 휴고상과 네뷸러상을 여러 번 수상한 작가야. 휴고상이 11번, 네뷸러상이 7번이니 정말 대단하지. 대표적인 작품으로 '옥스퍼드 시간 여행 시리즈'가 있어. 시간 여행 기술이 개발된 미래에 옥스퍼드 대학교의 역사학부 학생들이 연구와 과제를 위해서, 때로는 교수의 압박으로 계속해서 과거로 가게 되며 벌어지는 이야기를 담은 시리즈야. 『둠즈데이북』은 하필이면 흑사병 시대로 가기 때문에 어둡고 힘든 이야기고, 『블랙아웃』과 『올클리어』는 2차 세계대전 시대로 간 학생들의 고생을 담고 있어.

『개는 말할 것도 없고』는 1940년대 폭격으로 부서진 코번트리 성당을 복원하는 사업 때문에 슈라프넬 여사에게 고용된 네드라는 주인공이 겪게 되는 이야기야. 계속해서 슈라프넬 여사가 가져오라는 것을 찾아 헤매느라 자꾸만 시간 여행에 떠밀려 네드는 시차 증후군에 걸려. 엉망이 된 네드는 병원에서도 슈라프넬 여사가 자신을 찾을까 봐 불안해하기도 해. 간호사는 이런 불안을 시차 증후군의 심각한 증상으로 보

『개는 말할 것도 없고 1, 2』

코니 윌리스 지음
최용준 옮김 | 아작

고 자꾸 검사를 하려고 해. 네드는 간호사와 슈라프 넬 여사 모두에게서 벗어나 쉬기 위해서 도망가기로 해. 어디로 갈까? 과거의 한가로운 한때로 가는 거지. 네드가 선택한 건 19세기 옥스퍼드야. 그런데 맙소사, 거기서 겪게 되는 일이 역사를 바꿀지도 모르는 사태를 만들어. 그걸 바꾸고 제자리로 돌리기 위한 고군 분투가 두 권 내내 이어지는데 정말 정신없이 왔다 갔다 하고, 주인공도 방향 감각을 잃고, 온갖 떡밥이 날아다녀.

이 책에 대한 평가는 극과 극으로 나뉘어. 너무 산만해서 읽을 수가 없었다는 사람들과, 쉴 새 없이 재미있어서 코니 윌리스의 최고작이라고 하는 사람들. 수다쟁이에게 맞는 책이기는 해. 농담도 하고, 정보도 흘려 주고, 기분을 좋게 해주려고 쉴 새 없이 떠드는 ENFJ와 같은 소설이랄까? 이 책이 마음에 든다면 옥스퍼드 시간 여행 시리즈를 다 읽을 수 있을 거야. 어쩐지 역사 공부를 하게 하는 소설이야. SF가 역사 공부까지 시켜 주다니, 정말 좋지 않아?

외로울 때
인공지능 로봇 친구는 어때?
『클라라와 태양』

인공지능과 로봇이 우리 일상생활과 점점 가까워지고 있다는 생각이 들지 않아? 학교 수업 시간에도 태블릿을 자주 사용하거나 프로그래밍을 배우고, 유튜브에서는 정말 많은 정보를 볼 수 있지. 실제로 우리나라는 산업용 로봇 밀도가 세계에서 가장 높다고 해. 로봇 밀도는 노동자 1만 명당 로봇 대수를 뜻하는데, 국제로봇연맹IFR에서 발표한 '2022 세계 로봇 보고서'에 따르면 우리나라의 2021년 산업용 로봇 밀도는

『클라라와 태양』

가즈오 이시구로 지음

홍한별 옮김 | 민음사

1,000대야. 그러니까 제조업 노동자 10명당 로봇이 1대 배치되어 있다는 뜻이지. 산업용 로봇 밀도는 세계에서 우리나라와 싱가포르가 1, 2위를 다투고 있어. 어디에 이렇게 로봇이 많으냐고? 자동차 공장과 전자 산업 공장이 많기 때문이야. 우리가 사용하는 전자제품과 자동차는 사람과 로봇이 함께 만들어낸 물건이라는 뜻인 거지.

　이렇게 로봇이 우리 사회에 자리 잡고 있다면, 언젠가 로봇이 우리의 하루와 더욱 밀착될지도 몰라.

코로나 이후 원격 수업이 가능하다는 사실이 입증되어서, 다음에 비슷한 상황이 오면 더욱 빠르게 원격 수업을 하게 될 거야. 온라인에서 듣는 수업이 성적에 미치는 영향에 관한 연구는 앞으로 더 이루어지겠지? 그런데 학교에서 선생님들이 느끼는 어려움은 학생들이 원격 수업 때문에 성적이 떨어지는 데 있지 않아. 오히려 학생들이 친구들과 만나지 못하다 보니 겪는 어려움에 있어. 학생 입장에서 학교는 공부하러 가는 곳이지만 친구를 만나러 가는 곳이기도 하잖아. 코로나 상황에서 청소년의 우울함에 가장 큰 영향을 준 부분이 바로 친구들과 만날 수 없다는 거였어. 수련 활동을 하고, 수학여행도 가고, 친구들과 과제도 함께 하고, 투덕거리며 싸우기도 해 봐야 하는데 그런 걸 할 수 없는 게 가장 큰 어려움이었다는 거지. 그러니까 다음 팬데믹 상황에는 원격수업과 함께 아이들과 놀아 주고 생활하는 로봇이 등장할지도 몰라.

원격 수업으로 학교에 다니는 것이 일상화된 미래에, 정말로 아이들과 놀아 주는 인공지능 로봇이 있다면 만나고 싶어? AF_Artificial Friend_라고 불리는 인공지능 로봇이 인간 아이들의 친구로 팔리는 세상이 있어. 유난히 인간과 세상을 열심히 관찰하고 그들의 감정과 소통을 익히는 데 관심이 많은 소녀 AF 클라라는 매장에서 자신을 데려갈 친구를 기다리고 있어. 클라라와 만나게 되는 조시는 몸이 아파. 클라라는 조시와 가족들을 위해 최선을 다해. 최고의 아이를 만났다는 생각으로 말이야. 『클라라와 태양』에서 태양의 역할이 무엇인지는 책을 읽으면서 한번 찾아봐. SF라고 해서 모험을 떠나고 시끌벅적한 이야기만 있는 것이 아니라는 걸 알게 될 거야.

그러고 보니 한참 전에 일본에서 강아지 모양의 로봇을 판매한 적이 있어. 가격이 후덜덜했는데도 1인 가구 노인들에게 엄청나게 많이 팔렸다고 해. 그 모델이 업그레이드되어 다시 판매되기 시작한다니, 아이들에게 인공지능 친구가 일반화되기 전에 노인을 위한 강아지나 고양이 로봇이 더 많이 보급될지도 모르겠어. 인간의 외로움을 달래는 로봇에게는 마음이 있을 것 같아. 인공지능이 인간과 자주 대화하고 감정을 표현하고, 인간이 어떤 변화를 보이는지 계속 분석하다 보면 인간을 훨씬 더 많이 알게 되겠지? 마음을 나누고 서로를 사랑하는 인공지능이 생긴다면, 인간의 자리는 어디가 될까?

거대한 안개가 걷히면
운동장에서 만나
『지구 끝의 온실』

　　절망의 상황 속에서 살아남기 위해 몸부림치는 사람들의 이야기는 SF에서 자주 등장해. 지구가 거의 멸망하는 상황 뒤에 문명을 재건하는 이야기는 포스트 아포칼립스로 하나의 하위 장르가 될 정도야. 『지구 끝의 온실』은 '더스트 폴'이라는 대재앙 이후의 우리나라에서 시작하는 이야기야. 경기도 북부와 강원도 지역에서 이상한 식물이 발견되면서 변이 식물을 연구하는 아영이라는 인물은 수상한 식물이 어떻게

　어딘가 수상하고 뜻밖에 가까운 SF 사용설명서

갑자기 번식하게 된 것인지 찾아다니게 돼. 그러다 더스트 폴 시대에서 살아남은 사람들을 만나 이야기를 듣게 되는데, 그 이야기가 이 책의 주요 내용이야.

수십 년 전 어느 날 안개와도 같은 공기 중의 입자 때문에 사람들이 피를 토하며 죽고, 살아남은 사람들은 더스트 폴을 피해 돔을 건설해. 알지? 이런 상황에서 사람들이 어떻게 이기심을 발휘할지. 사람들은 돔에 들어가기 위해 서로를 위협하고, 자식을 팔아넘기고, 내분을 겪기도 해. 게다가 더스트에 내성을 가진 이들을 실험 대상으로 삼는 일이 펼쳐지기까지 했어. 그 가운데에서 살아남은 이들이 한 온실 아래에 모이는데, 그 온실에서는 더스트에도 살아남는 식물을 연구하는 학자가 있어. 결국 학자도, 마을도 사라지지만 뭔가가 남아.

수많은 포스트 아포칼립스 이야기 중에 이 이야기를 선택한 이유는 두 가지야. 하나는 이 이야기가 여성 주인공의 서사라는 점이고, 하나는 이야기의 끝이 따뜻하다는 것이야. 주인공인 지수와 레이첼도, 프

『지구 끝의 온실』

김초엽 지음 | 자이언트북스

림 공동체의 대부분도 여자들이었어. 엄청난 힘을 가진 슈퍼히어로가 나오지도 않고, 남자도 별로 등장하지 않아. 사실 그런 이야기는 역사 속에서 많이 살아남지 못했어. 우리는 백인, 남자, 힘센, 히어로의 이야기를 꽤나 듣고 자라게 돼. 그래서 그게 아닌 누군가를 잘 상상하지 못하는 경향도 있어.

여성 주인공의 이야기는 다양성과 상상력의 확장을 위해서도 꼭 필요해. 그리고 요즘 우리나라뿐만 아니라 외국의 SF 흐름에도 이런 경향이 반영되어 있

어딘가 수상하고 뜻밖에 가까운 SF 사용설명서

어. 여성 작가가 쓴 SF만 모아서 엮은 책도 있고, 젠더에 관해 인식을 넓힌 SF와 판타지에 수여되는 외국의 SF 상도 있어. 이런 사실 때문에 요즘의 SF를 싫어하는 사람도 있지만, 변화는 우리에게 꼭 필요한 일이지.

그리고 사실 지수와 레이첼은 인류가 살아나기를 절실히 바라는 사람들은 아니었어. 오히려 관심이 없었어. 그런데 허술하지만 즐겁게 삶을 이어나가는 사람들이 결국 지구를 구해. 이런 이야기가 던지는 울림이 따뜻해서 이 책을 꼭 읽어 보라고 하고 싶어. 물론 사랑은 어긋나고, 인간은 죽지만 말이야.

골라 읽는 재미가 있는
청소년을 위한 SF

'청소년을 위한 SF'라는 말을 전면에 내세운 책들이 있어. 이런 책이 청소년에게 의미 있는 이유는 청소년의 현생과 밀접한 이야기를 SF 세상에 잘 녹였기 때문이야. 그리고 청소년에게 스스로와 주변을 돌아보는 눈을 안길 수도 있어서야. 청소년 소설이라고 해서 가벼운 주제를 다루거나 유치한 건 아니야. 청소년 책을 꼭 청소년만 읽어야 한다는 규칙 같은 것도 없어. 일부러 청소년 소설을 찾아 읽는 어른도 적지 않아.

쉽게 읽히지만, 그 안에서 미처 토닥이지 못한 '자기 속 청소년'을 위로하는 언어를 발견할 수도 있으니까. '청소년을 위한'이 붙은 것에 반감을 내비칠 필요는 없어. 그 표시가 '나를 위한'이었다는 걸 읽자마자 깨닫게 될 테니까.

『저 반짝이는 별들로부터』 필립 K 딕 외 지음│정소연 옮김│창비

조금 두꺼워 보인다고? 괜찮아. 단편집이야. 『저 반짝이는 별들로부터』는 외국의 SF 전문 출판사에서 날카로운 눈으로 젊은 세대를 위한 작품을 골라서 묶었대. 최근 30년 동안 발표된 단편 중 걸작만 모은 거래.

우주, 외계인, 미래 사회, 시간 여행 등 다양한 소재를 넘나들고 있어. 게다가 우리 시대의 괜찮은 외국 SF 작가들이 총망라되어 있어서 읽다가 좋아하는 작가가 생길지 몰라. SF 덕후도 빠져들 수밖에 없어! 아직도 SF 읽기가 망설여진다면 이 책 한 권만은 꼭 읽어 보길 권해.

『일인용 캡슐』 김소연 외 지음 | 라임

어둡고 우울하지만, 절박한 질문을 이어가는 기후 위기 SF 앤솔러지야. 2070년, 오염물질을 내뿜는 항공 산업은 망했어. 그럼 외국 여행은 아예 못 가는 거냐고? 괜찮아. 태양 열로 전기를 생산하고 풍력으로 나아가는 범선을 이용하면 돼. 「가이아의 선택」은 특이점을 맞이한 인공 지능 '네오 가이아'가 기후 위기를 해결하기 위해 모든 걸 맡아 생각(계산)하고 있는 세상을 보여 줘. 「일인용 캡슐」은 화성에 가고 싶지 않았지만, AI의 분석기 때문에 화성으로 이주했다가 거의 버려지다시피 한 사람들의 화성 탈출기야.

『잃어버린 개념을 찾아서』 김보영 외 지음 | 창비

『잃어버린 개념을 찾아서』는 지금처럼 SF가 쏟아지지 않았던 시절, 척박한 SF 땅에서 살아남은 우리나라의 작가들이 써 내려간 청소년을 위한 SF 단편집이야. 갑자기 나타난

어딘가 수상하고 뜻밖에 가까운 SF 사용설명서

용족의 지배를 받게 된 지구에서 펼쳐지는 이야기 「마지막 늑대」. 외계 생명체가 지구에서 함께 사는 상황인데 나쁜 인간의 욕심이 끼어든다면 어떤 일이 펼쳐지는지 생생하게 담아낸 「가말록의 탈출」 등 경계를 넘나드는 소설들이 담겨 있어.

『격리된 아이』 김소연, 윤혜숙, 정명섭 지음 | 우리학교

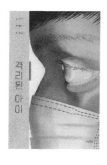

우리가 통과하고 있는 SF 세계인 코로나19를 정면으로 다룬 청소년 소설 세 편이 담겨 있어. 재난이 덮친 미래를 다룬 SF 영화 속에서나 볼 법한 장면을 뉴스를 통해 혹은 가까이에서 직접 봤잖아? 그런 상황을 청소년이 바라보고 해석하는 모습은 어떨까? 씁쓸하고 두렵게 다가서는 우리 사회의 민낯과 어쩌면 무기력하게 살아가기를 선택해야 할지도 모르는 모습. 뒤틀린 일상의 혼란스러운 상황은 쉽게 공감할 수 있을 거야. 우주선도 외계인도 없지만, SF적 상상력과 현실이 절묘하게 교차하는 소설들이야.

『나의 서울대 합격 수기』 정명섭 외 지음 | 단비

『나의 서울대 합격 수기』는 우주 곳곳에서 살아가는 사람들, 외계인, 인간과 같은 로봇까지 다양한 형태의 삶을 엿볼 수 있는 단편소설 모음이야. 현재 진행형인 입시 문제, 왕따, 가족까지 뭔가 굉장히 한국에 가까운 이야기가 가득해. 제목만 보고 이걸 읽어서 서울대에 가는 방법을 찾아봐야지 생각하면 절대 안 돼!

『인어의 걸음마』 이종산 외 지음 | 서해문집

일상적으로 지나치며 알지 못했던, '보이지 않던 것'을 볼 수 있도록 하는 게 바로 배움이야. 우리가 '정상'이라고 부르는 것은 무엇이고, '장애'라고 부르는 것은 무엇일까? 그 경계가 확실하게 있을까? 『인어의 걸음마』는 때로 무심코 돌아보지 않았던 장애에 관한 이야기를 모은 독특하고 수상한 SF야. 새로운 제3의 눈을 뜨게 해주는 아름다운 이야기 네 편을 만나 봐!

『언젠가 한 번은 떠나야 한다』 박애진 외 지음 | 단비

과학 동아리, 지하철을 탔다가 넘어가는 평행우주, 바이러스 세상, AI 의원까지! 『언젠가 한 번은 떠나야 한다』에는 뭔가 이상한 집합인 것 같지만, 우리나라의 지금과 SF 세상을 제대로 연결한 좋은 작품이 담겨 있어. 경쟁 사회에서 살아남기 위한 고군분투, 인간의 존엄성, 차별에 관한 이야기가 가볍지 않고 단단해. 『나의 서울대 합격 수기』에 등장하는 이야기의 속편도 있으니 연결해서 봐도 좋아.

『국립존엄보장센터』 남유하 외 지음 | 서해문집

『국립존엄보장센터』에는 SF를 읽으며 깨닫게 되는 즐거움과 의미를 잘 담은 소설이 담겨 있어. 어떤 선택을 하느냐는 인간의 일생에서 계속해서 마주치는 문제이고, 그 선택이 꽤 많은 걸 결정하게 하잖아? 특히 코로나19와 여러 가지 재난의 현장이 일상적인 지금의 상

황에 잘 어울리는 이야기가 곰곰 생각하게 만들어. 책의 마지막에 수록된 대담은 SF 세계를 탐험하는 데 큰 도움을 줄 거야.

『우리의 파동이 교차할 때』 박애진 지음 | 단비

『우리의 파동이 교차할 때』는 SF와 판타지가 제목처럼 교차하며 한 작가의 작품이 어떤 모습으로 진동하는지 알 수 있게 하는 책이야. 다른 작품집에 수록된 소설이 한 작가의 이름 아래 묶여 있으면 조금 다른

모습으로 읽게 된다는 걸 알려 줘. 모두 청소년 소설이라 SF가 아닌 것과 SF를 분간하기 애매하다고 할 수도 있겠지만, 생각할 거리를 잘 던져 주고 있어서 좋아!

『특이점』 김소연 지음 | 서유재

『특이점』은 40~50년 뒤의 세상을 시간적 배경으로 하는 이야기들을 묶은 김소연 작가의 단편집이야. 인공 지능과 관련된 이야기 중에서는 꿈이 없다고 말하는 청소년에게 던지는 질문이 잘 담겨 있는 작품이 있어. 실제로 꿈이 없

어딘가 수상하고 뜻밖에 가까운 SF 사용설명서

는지, 막연하게나마 꿈꾸는 일이 어른들의 기준에 맞지 않는 건지 고민해 보면 좋겠어. 어떤 선택이든 응원 받을 수 있는 세상은 가능할까? 고민이 또 다른 고민을 낳는 건 40년이 지나도 마찬가지인가 봐.

『미래세계 구출』 류츠신 지음 | 김지은 옮김 | 자음과모음

『삼체』를 썼고, 휴고상을 수상한 세계적인 작가 류츠신이 청소년이 재밌게 읽을 수 있을 만한 작품을 골라 묶은 '류츠신 SF 유니버스' 시리즈가 있어. 『미래세계 구출』은 시리즈의 다섯 작품 중 첫 번째 작품이야. 비눗방울에 관한 아빠와 딸의 기묘하고 감동적인 이야기 「위안위안의 비눗방울」을 비롯해 여섯 편의 단편이 실려 있어. 작품들이 짧고 쉽게 읽을 수 있어서 좋아. 첫 이야기부터 마지막 이야기까지 인간의 일과 자연이 단단하게 부딪치고, 복잡하게 얽혀. 큰 작가는 작은 작품도 오밀조밀 작지만 알찬 집을 짓듯 튼튼하게 구성한다는 걸 느

끼게 해. 시리즈의 다른 작품도 꼭 찾아서 읽어 봐.

『2100년 12월 31일』 길상효 외 지음 | 우리학교

'구인류 보호법' 발효를 하루 앞둔 21세기의 마지막 날. 마인드 업로딩을 통해 신인류가 될 생각이 없는지 질문을 받는 주인공은 어떤 선택을 하게 될까? 『2100년 12월 31일』은 각자의 위치에 선 주인공들의 먹먹하고 특별하면서도 특별하지 않은 날, 상상으로밖에 만날 수 없는 그날의 이야기 네 편을 담고 있어. 12월 31일에 읽기 꽤 괜찮은 소설이겠지?

어딘가 수상하고 뜻밖에 가까운 SF 사용설명서